Echoes

Kotscha Reist

I Have a Concept

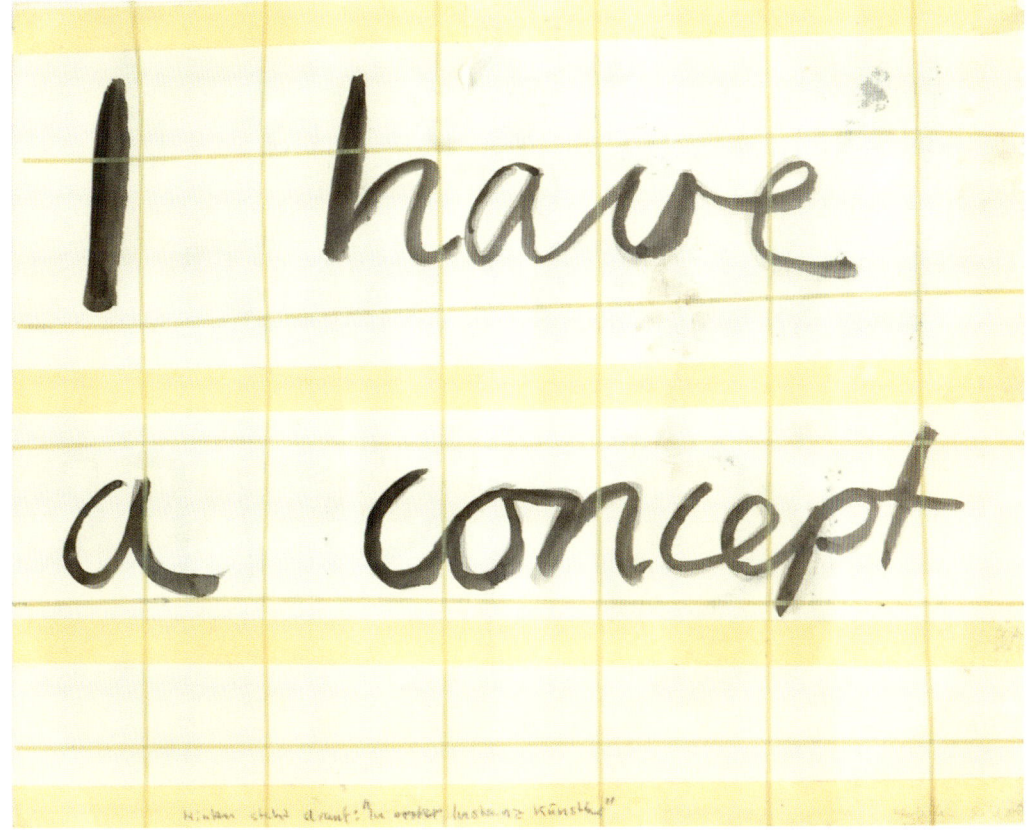

4 Red Duo Monument
　Hero Painter

Monkey Tree

Monkey Tree II

7 Big Man
   Echo

9   La facade   Between the Line I–VI

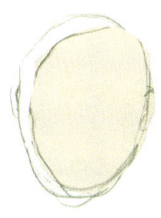

Raum
Fritz

11 Sniper Spot

Berliner Notitzen I-VI   Efeuille

14 Heads

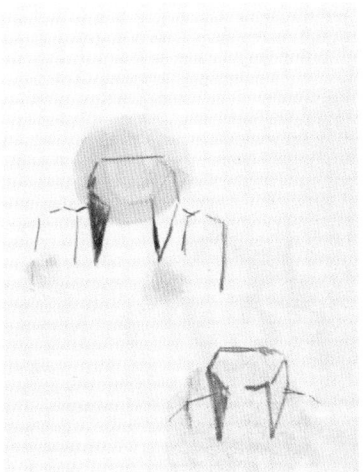

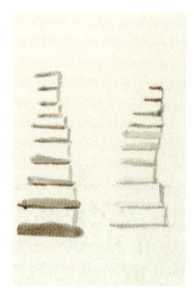

18 Auf den Rücken gesehen
Clowns und Heimat

Berliner Notizen VII–X

21 Büropflanze

Duo
Liebermanns Garten
Tapie
Black Villa

This is the birdhouse I built.
No one lives there yet

Vom Widerhall des Lebens
The Echo of Life

Kotscha Reists Malerei liegen Fotovorlagen zu Grunde, die er frei interpretierend und manchmal variierend auf Bildträger bringt. Meist stammen die Referenzen aus Zeitungen und Zeitschriften, oft verwendet er aber auch gefundene oder eigene Fotografien. Einmal schemenhaft zurückhaltend, einmal kraftvoll inszeniert, breitet sich so vor den BetrachterInnen ein Kosmos zwischen Aktualität und Historie aus. Landschaften und Interieurs stehen dabei gleichberechtigt neben figurativen Arbeiten oder Stillleben. Die Themen sind vielfältig: Immer wieder finden sich Aststrukturen, Menschen in kuriosen Posen, Fenstersituationen oder Tiere, und oft entstehen mehrere, freie Versionen des gleichen Sujets. Ungeachtet der Motive, die er benutzt, steht jedoch immer eins im Mittelpunkt: Das Leben. Es sind allesamt Bilder aus dem Leben und Bilder über das Leben, wobei er seinen inhaltlichen Schwerpunkt auf das vermeintlich Banale setzt, es überhöht und so der Wirklichkeit entrückt. Dabei kombiniert er gerne mehrere Vorlagen zu komplexen Kompositionen. Mittels Vergrösserung oder Verkleinerung verfremdet er die Motive, blendet Details aus oder rückt sie ins Zentrum – oder verdeckt gar einzelne Bildpartien mit geometrischen Formen.

Die Arbeiten, die in der vorliegenden Monographie vorgestellt werden, sind in den letzten zehn Jahren entstanden. Kotscha Reists Malerei ist klar aufgebaut und mit leichten Pinselstrichen nahe am flüchtigen Moment einer Skizze. Waren die Bilder früher manchmal von einem dünnen, mehrschichtigen

Kotscha Reist's paintings are based on photographs transferred to the canvas in a process of free interpretation and sometimes variation. The images are mostly from newspapers or magazines, although he also takes his own pictures. A cosmos of current events and history thus unfolds itself before our eyes, sometimes cautiously, sometimes rather forcefully and assertively. Landscapes and interiors are shown next to figurative works withouth discrimination. His subjects are divers: branches, people in strange poses, windows or animals, and he often produces several, free versions of the same subject. Regardless of the motifs, however, it is always 'life' that is at the centre of his attention: the images are invariably from life and about life. In this, Reist's focus is on the seemingly trivial things, which he exaggerates in order to diminish their references to the real. He likes to combine several photographic templates into complex compositions. The originals are transformed by enlarging or reducing their size, details are faded out or placed right in the centre of the picture, or he even covers complete parts of the picture with geometric forms.

The present monograph shows works from the last ten years. Kotscha Reist's paintings are clearly structured and painted with the kind of light brushstroke that brings them close to the ephemeral nature of a sketch. When his earlier paintings were characterised by a

Farbauftrag und somit einem eher verhaltenen Farbenspiel geprägt, ist in den letzten Jahren vermehrt wieder Farbe zurückgekehrt. Auch die markanten, in den jüngeren Papierarbeiten entwickelten Umrisslinien haben einen adäquaten Platz auf der Leinwand gefunden. Die Lasurnebel, die die Werke früher oft fein überzogen, haben sich sukzessive gehoben. Die BetrachterInnen sind direkter mit dem Geschehen konfrontiert, ein Entziehen des Blicks ist nicht mehr möglich. Die Arbeiten wirken immer freier, Farbfläche wird gekonnt an Farbfläche gesetzt – es sind Werke, die harte Realitäten mit Sinnlichkeit zu vereinen wissen.

Die Bilder sind aus der Zeitachse heraus gerissene Momentaufnahmen, zum Teil völlig entkontextualisiert und in eine neue Welt gesetzt – irritierende Erinnerungsfragmente eines kollektiven Gedächtnisses. Die eigene Lebenserfahrung der BetrachterInnen wird, aufgeladen mit dem visuellen Erfahrungsschatz des Künstlers, wie ein Echo vom Werk reflektiert. Durch diesen Widerhall werden die Bilder unvermittelt Teil der eigenen Erinnerung und Geschichte.

multilayered application of paint and thus rather restrained colours, brightness seems to have returned in his later works, and the prominent outlines developed in his recent works on paper have found their adequate place on the canvas. Also, the foglike glazes that clouded earlier works have gradually lifted. The subject confronts the beholder more directly so that it seems impossible to avert one's eyes. The works seem freer, the colour planes are placed next to each other with great mastery – hard facts meet sensuality.

The paintings are snapshots taken out of time and sometimes almost entirely out of context, placed into a new world – irritating fragments of a collective memory. The beholders' own life experiences, charged with the visual experiences of the artist, are reflected by the works like an echo. It is this echoing that makes the paintings an immediate part of one's own history and memories.

Perfect Day, 2007, Galerie Bernhard Bischoff & Partner Bern

Blow up
Bird Seven
BB
Mystic Tables
Evergreen I
Sweet Nothing
Funnel Man
Nothing Compares to You
Dreaming of

Allez retour
Mystic Shift
Nachtästchen
Les cinq miracles
After Nature
Paravan
Memory IV
Dead Bodybag
Playing
Le miracle

30

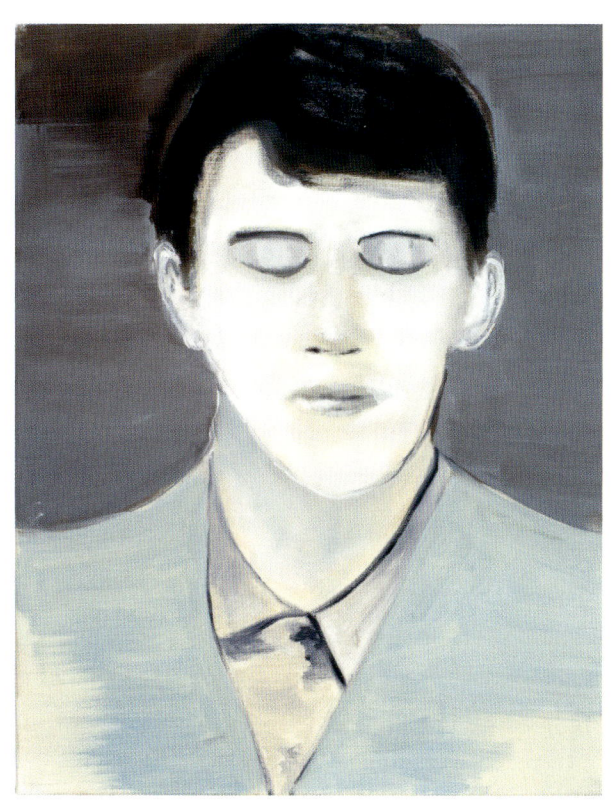

37

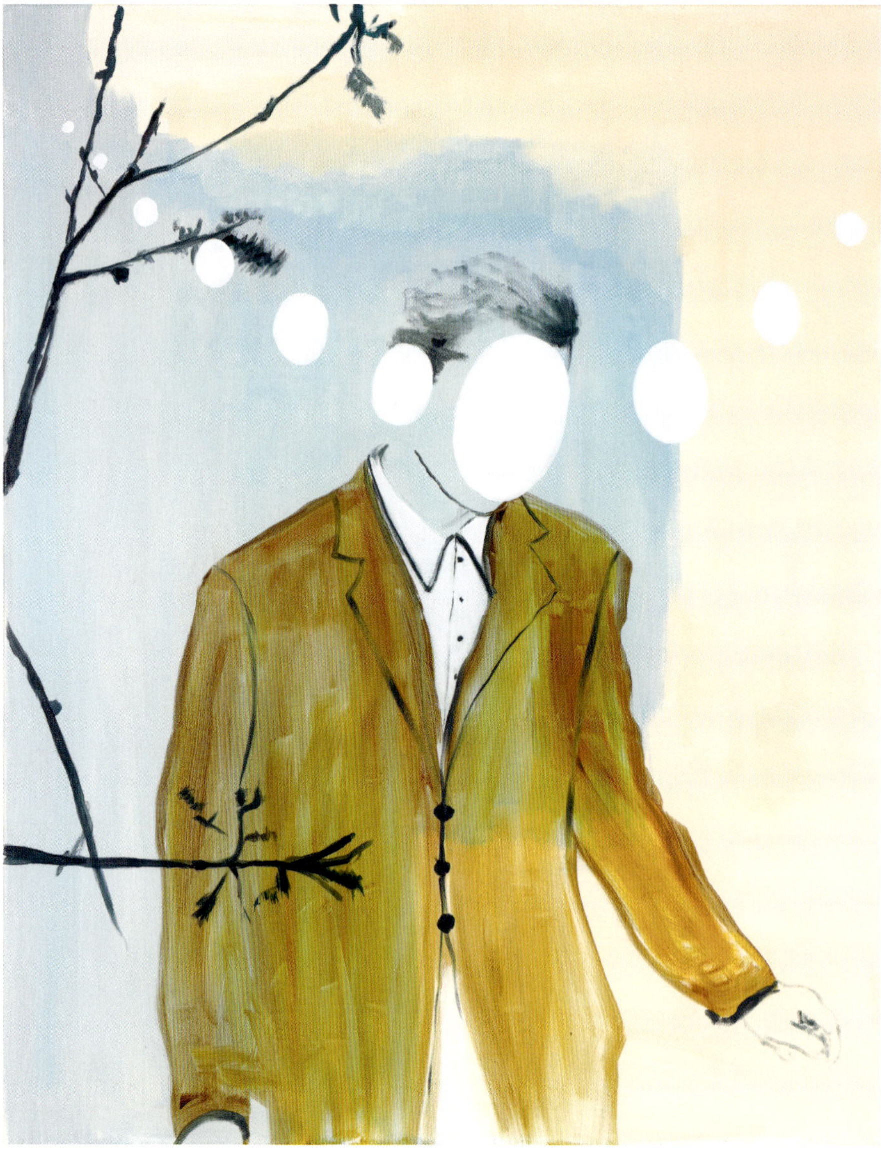

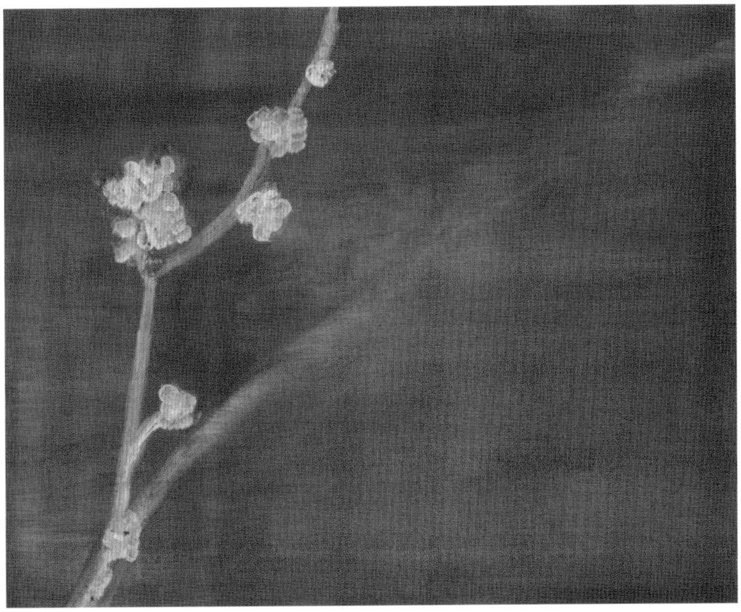

40

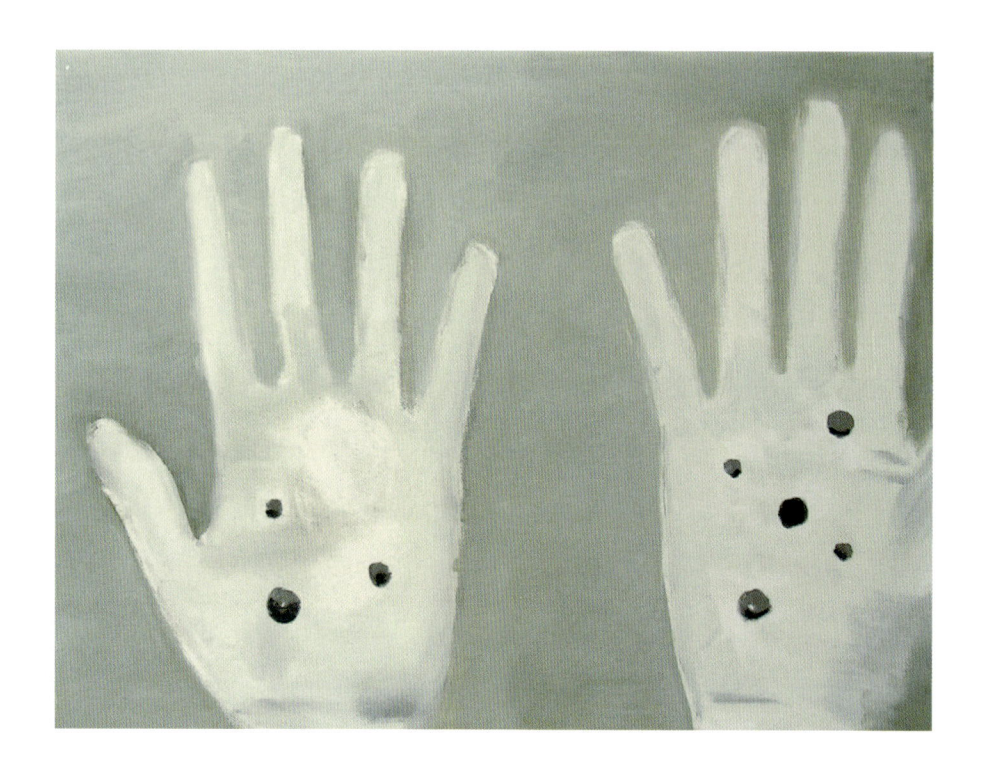

41

42

43

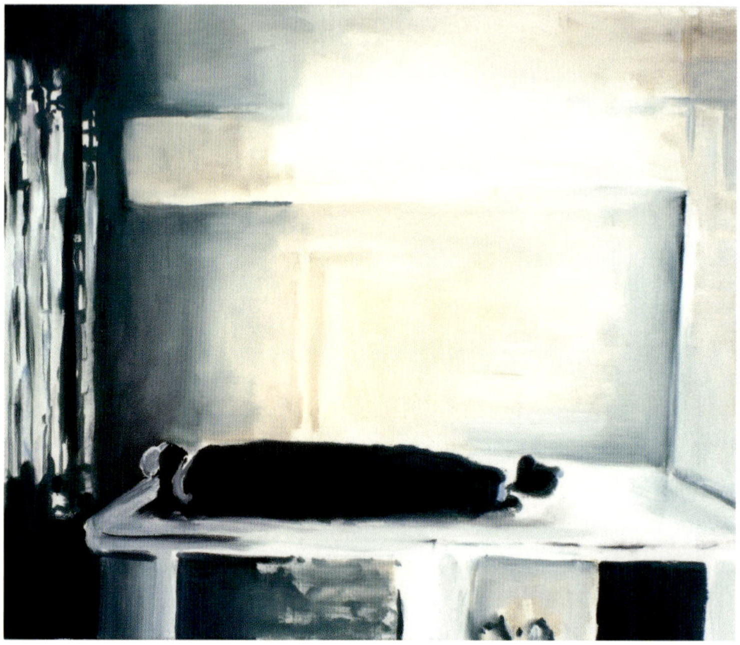

45

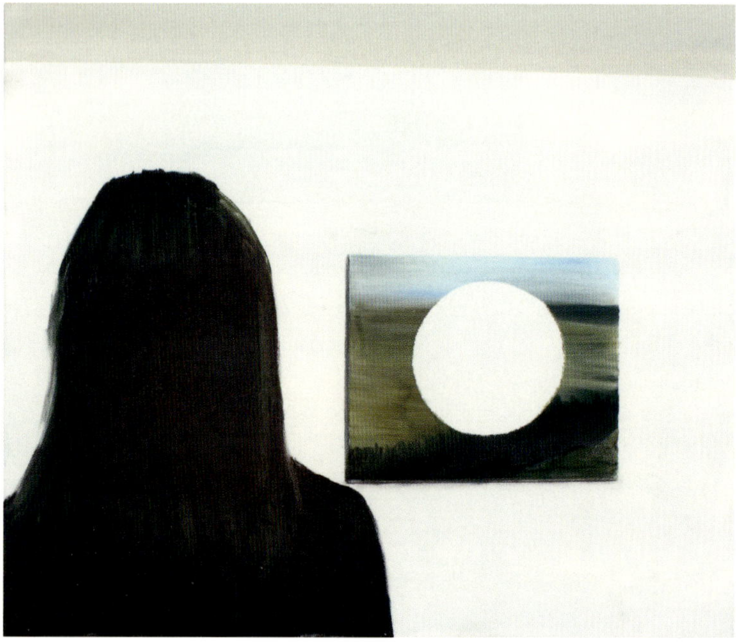

Aufscheinungen
Zu Kotscha Reists Malerei auf Papier
Appearances
Kotscha Reist's Paintings on Paper

Die Arbeiten auf Papier spielen im Œuvre von Kotscha Reist immer wieder eine Rolle, wenn auch eine auf den ersten Blick eher untergeordnete, steht doch die Malerei in Öl auf Leinwand im Vordergrund. Gleichwohl ist die Beschäftigung mit dem Teil des Werks, das auf Papier entsteht nicht ohne Reiz, gerade weil Kotscha Reists Ölmalerei dem Betrachter dieselbe zurückhaltende Präsenz darbietet und ihre dünne Lasur die Sujets mit der gleichen Distanziertheit und Vorsicht behandelt wie auf dem Papier. Die Palette kühler Farben, die Reists Malerei im Allgemeinen kennzeichnet, tritt in seinen Arbeiten in Aquarell, Gouache und Öl auf Papier noch stärker, noch radikaler hervor.

Das Wechseln von einem Träger zum andern, von der Ölmalerei zum Aquarell ist dem Medium der Malerei eingeschrieben. Seit der Moderne sind die Arbeiten auf Papier jedoch nicht einfach nur als Skizzen oder Vorstudien zu betrachten, wie noch in der Malerei der früheren Jahrhunderte, sondern als eigenständige und autonome Werkbestandteile.

Im 20. Jahrhundert entstanden wichtige Werkzyklen der Malerei auf Papier, beginnend mit dem Aquarell-Zyklus zum Motiv der Montagne Sainte-Victoire von Paul Cézanne, der sein Sujet im Aquarell zu einer immer gewagteren Abstraktion trieb, bis hin zu den Werkgruppen des belgischen Malers Raoul de Keyser oder denen einer eher vom Zeichnen ausgehenden Künstlerin wie Silvia Bächli. Die Malerei der jüngsten Zeit lebt zunehmend vom stetigen Medien- oder Trägerwechsel. Ein Beispiel hierzu ist das Werk des Schweizer Malers Uwe Wittwer, der in seinen Sujets

Although on first sight a seemingly subordinate one, the focus being on oil painting on canvas, the works on paper nevertheless play a recurring role in Kotscha Reist's oeuvre. As a matter of fact, it is particularly rewarding to concentrate on this part of the work, since the artist's oil paintings not only demonstrate the self-same restrained presence as the works on paper but their thin applications of paint also treat the subject with the same distance and caution. The cool colours characterising the artist's painting in general manifest themselves in the water colours, gouaches and oils on paper in an even stronger and more radical way.

The change from one support to the other, from oil painting to watercolour, is inherent to the medium of painting. Since the Modernist period, however, works on paper have stopped being mere sketches or preliminary studies to paintings as they used to be in previous centuries, becoming independent and autonomous works instead.

In the 20th century very important painting cycles on paper were created, beginning with Paul Cézanne's watercolour cycle of the Montagne Sainte-Victoire, in which the subject becomes more and more daringly abstract, to the work groups of Belgian painter Raoul de Keyser or the paper series of artists whose main medium is drawing, such as Silvia Bächli. Recent painting increasingly thrives on the constant change between different media and

zwischen Malerei, Druckgraphik und Aquarell hin und her wechselt.

Immer wieder hat sich Kotscha Reist phasenweise dem Papier als Träger seiner Malerei zugewandt. Einerseits verwendet er das Arbeiten auf Papier als Überprüfung von Gedanken, welche später zu Bildern werden, andererseits entstehen die Zeichnungen parallel zu den Malereien und haben einen eigenständigen Charakter. Motive, die in der Malerei aufgegeben wurden, werden auf Papier wieder aufgegriffen und umgekehrt, wie das Beispiel eines karierten Tischtuchs, das auf dem Papier plötzlich klar heraustritt, zeigt.

In einigen Fällen verarbeitet der Künstler auch Papierschnitzel und -reste und collagiert diese zu flachen Reliefs. Eine besondere Vorliebe entwickelte er zu gebrauchten Papieren; vergilbtem Notizpapier und aus Zeichenheften herausgerissenen Seiten. Das Papier vermittelt ihm – im Gegensatz zur Leinwand – mehr Widerstand. Es ist ein haptisches Material, das ihm beweglicher erscheint. Lose Papiere können herumgeschoben und übereinandergelegt werden. Das gleichwohl Ephemere des Mediums verführt ihn zum seriellen Arbeiten.

Aus der Serie: Between the Line, 2011
29.7 × 21 cm, Aquarell & Collage auf Papier

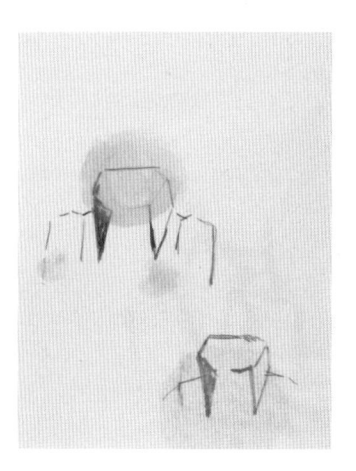

supports, demonstrated for example in the work of Swiss painter Uwe Wittwer, who alternates between painting, printing and watercolour.

Again and again Reist has worked with paper as a support for his paintings. Working on paper is partly a way of testing thoughts to be used for future paintings, but the drawings are also created parallel to the paintings and show characteristic very much of their own. Motifs the artist abandons for paintings are taken up for drawings and vice versa, as in the example of the chequered tablecloth that all of a sudden becomes quite prominent on paper.

In some cases the artist uses scraps and strips of paper he forms and collages into flat reliefs. He has developed a particular affinity for used paper, faded note paper or pages torn out of drawing books. To him, paper seems to offer more resistance than canvas. It is a tactile and flexible material; single sheets can be moved around and put on top of each other. The ephemeral nature of the medium entices him into working serially. Using paper as a support, the artist has produced some truly impressive series, partly as work in progress over several years.

His painting style, too, has been influenced by the change between media and supports: «After the Berlin series on paper I started to work in a different way. I started to place one plane next to the other, which I had never done before. I took that from working on paper. It may not be so obvious to someone looking at my oil paintings, but for me this was a huge step in my development.»[1]

Also on paper Kotscha Reist shows the same qualities he has always shown as a painter. His range of colours is characterised by cool tones. He loves simple, reduced subjects with clear outlines, and also on paper he moves in a world of seemingly photographic and realistic images; a world which, however, borders on the unclear, mysterious, even uncanny: a skier in the snow, a screen, a shirt collar, a face without a body.

The motifs are executed in a painterly manner, not drawn. The white space on the paper is important, the artist treating it as if it was painted, as an area orientating itself towards

Auf diesem Träger sind einige eindringliche Serien entstanden, die der Künstler zum Teil als «Work in Progress» über die Jahre hinweg weiterentwickelt.

Auch seine Malweise wurde durch das Wechseln zwischen den Trägern beeinflusst: «Nach der Berlin-Serie auf Papier habe ich angefangen anders zu malen. Ich habe damals begonnen, Fläche an Fläche zu setzen, was ich früher nie gemachthatte. Das habe ich von den Arbeiten auf Papier übernommen. Es ist vielleicht für den Betrachter meiner Ölbilder nicht so direkt sichtbar, aber für mich war das ein riesiger Schritt in meiner Malerei.»[1]

Kotscha Reist bleibt auch auf dem Papier jener Maler, der er immer war. Seine Palette ist von kühlen Farbtönen bestimmt. Er liebt reduzierte, klar umrissene Sujets, er bewegt sich auch auf dem Papier in einem Kosmos von oft photographisch-realistisch anmutenden Bildfindungen, die jedoch immer eine Grenze zum Unklaren, Geheimnisvollen, ja Unheimlichen berühren: ein Skifahrer im Schnee, ein Paravent, ein Hemdkragen, ein Gesicht ohne Körper.

Die Motive sind malerisch auf das Blatt gesetzt und nicht gezeichnet. Der Weissraum des Papiers ist wichtig. Er wird als malerische Fläche von Farbe behandelt, die sich ganz zur Malerei des Sujets hinorientiert. Auf dem Papier betont der Künstler die Setzung des Motivs auf das leere, ungrundierte Blatt in Form eines zufällig gefundenen Sujets aus der Zeitung, aus dem Alltag, aus dem Möbelkatalog, aus dem Magazin oder aus dem wiedergefundenen Fotoalbum, was seine Losgelöstheit vom ursprünglichen Kontext unterstreicht. Es sind oft die scharf gemalten Ränder der Motive, die ihre Dekontextualisierung betonen. Ab und zu experimentiert der Maler auch mit Cuttings und Collagen. Er schneidet ein auf Papier gemaltes Sujet aus und klebt es auf eine weitere Papierfläche, umrandet die Ränder noch einmal mit Farbe, manchmal auch in Weiss. Oder mit einem feinen schwarzen Pinselstrich.

Seriell

Meist arbeitet der Künstler in thematischen Zyklen, die ihn über mehrere Monate in Anspruch nehmen, so auch beim Arbeiten auf Papier. Die Bilder bestehen im Kopf weiter, nachdem sie sich aus dem alltäglichen Moment in sein individuelles Bildergedächtnis eingelagert haben und dort hin- und her driften. Das Malen auf Papier scheint die Verdichtung

the painted subject. On paper he insists on placing the motif directly onto the empty, unprimed sheet, highlighting the fact that the motifs are taken out of their original context; they are subjects chanced upon in a newspaper, everyday life, a furniture catalogue, a magazine or a recently rediscovered photo album. It is often the distinctly drawn outlines of the motifs that emphasise their decontextualisation. Every now and then Reist experiments with cuttings or collages: he cuts out a motif he painted on paper and glues it in onto another sheet, drawing a coloured or sometimes white line around it. Or a fine black brush stroke.

Series

Most often Kotscha Reist's thematic cycles keep him busy for several months. This also applies to the works on paper. The images, once they have been taken out of their everyday context and embedded in the artist's visual memory, stay awake in his mind. Painting on paper seems to foster the condensation of themes and subjects into series. Over the last five years Reist has worked on two large series especially, and it is these series I would like to concentrate on in this essay: the *Berliner Notizen* of 2010/11 and *Heroes/Colleagues*, which he has been working on since 2007.

The cycle *Berliner Notizen* was begun in Berlin and is dedicated entirely to the exploration of the city the artist had made his temporary home in 2010 thanks to a an artist grant.[2] Inspired, remarkably, not by one of the contemporary painters of the Leipzig School or the 'Berliner Wilden' of the 1980s but by Max Liebermann, one of the city's greatest painters, Reist records his strolls through the city in a series of thirty individual works. Delicate tones of grey, blue, yellow, green and pink, which could indeed be called 'Liebermannesque' trace the first visual impressions of this German city build on sand. It is the quiet things that set the tone: tracks long disappeared, the forgotten but still visible history of the city.

The confrontation with Berlin, its history, and encounters with people build the basis of the works. Subjective memories, individual

von Themen und Sujets in Serien zu begünstigen. In den letzten fünf Jahren entstanden vor allem zwei grosse Papierzyklen, auf die in diesem Beitrag besonders einzugehen sein wird: die *Berliner Notizen* aus den Jahren 2010/11 und die Serie *Heroes/Colleagues*, die seit 2007 in Arbeit ist.

Der in Berlin angefangene Zyklus *Berliner Notizen* ist ganz dem Durchstreifen der Stadt gewidmet, in der sich der Künstler dank eines Stipendiums im Jahr 2010 aufhielt.[2] Inspiriert von einem der grossen Malerfürsten der Stadt – Max Liebermann (und damit bezeichnenderweise nicht von einem der aktuellen Malerfiguren der Leipziger Schule oder der Berliner Wilden der 1980er Jahre) – umfängt der Künstler auf den einzelnen Blättern des 30 Arbeiten zählenden Zyklus seine Wege durch die Stadt. In zarten Grau-, Blau-, Gelb-, Grün- und Rosatönen – man könnte in der Tat von einer Liebermannschen Palette sprechen – spürt der Künstler skizzenhaft den ersten Seheindrücken der auf gelben Sand gebauten Stadt nach. In der Serie geben die leisen Dinge den Ton an: längst verwischte Spuren, die vergessene, aber immer noch sichtbare Geschichte der Stadt.

Die Auseinandersetzung mit diesem Ort, seiner Geschichte und den Begegnungen in der Stadt waren die Basis dieser Arbeit. Subjektive Erinnerung, eigene Wahrnehmungen, die der Künstler an die Stadt heranträgt und real Existierendes vermischen sich und bleiben für den Betrachter kryptisch. «Notizen eben», fügt Kotscha Reist an.

Ein Spaziergang in Grunewald zu Max Liebermanns Garten verbindet sich mit einer Collage aus Stadtplanschnipseln und -streifen, der schon genannte Hemdkragen taucht im spiegelnden Fenster einer Wäscherei auf, ein steinernes Denkmal wird zu einem Erinnerungsfoto wie aus dem Familienalbum. Es ist nicht das Berlin von Fernsehturm, Baulücken oder schrillen Clubs, sondern ein impressionistisch gestimmtes Berlin.

An der Berliner Serie kann man vor allem das Hin und Her zwischen schneller Reaktion auf ein Sujet, Distanznahme und Komposition einer Serie beobachten. Gegensätzlichkeiten werden bewusst gesucht. Kotscha Reist interessiert sich in dieser Arbeit für die Zwiesprache der Sujets. «Auch ein konfuser Dialog ist möglich», betont der Künstler, der sich in den *Berliner Notizen* durch die freie Assoziation und das Bilden von Assoziationsketten besonderes herausgefordert fühlte.

perceptions and reality blend and remain cryptic in the eyes of the beholder. "As notes go", Kotscha Reist adds.

A stroll through Grunewald to Max Liebermann's garden is combined with a collage of strips from a city map, the above-mentioned shirt collar is mirrored in a laundry window, a monument made of stone turns into a souvenir snapshot apparently taken from a family album. This is not the Berlin of Fernsehturm, vacant lots or flashy clubs but one conveying an impressionistic mood.

The Berlin series, above all, allows us to observe Reist's constant oscillation between quick response to a subject, distance and the composition of a series. He is consciously looking for contrasts and contradictions. In this series he is especially interested in the dialogue between motifs. "Also a confused dialogue is possible", the artist stresses, who in the *Berliner Notizen* felt particulary inspired to work with free association and to build chains of association.

He rejected everything that felt too close: visual impressions that leapt at him instantly as it were or overwhelmed him like phantoms. In fact, he is fundamentally distrustful of such images. Everything that is allowed into his art has to go through a mental and painterly process of appropriation first. The artist has to put something between himself and the object.

<u>Grey, Greyish Blue, Greyish Green</u>

Grey is a colour latent in Kotscha Reist's paintings. Grey is the most complex of all the colours in painting, as Gerhard Richter already stated in his cycle of 1972. It is a fiction. Reducing the colour of the subject, letting it reappear in grey in a more restrained manner; it is about assumptions in a picture. Kotscha Reist likes that. Leaving things latent.

"Painting is usually very colourful. The Pop-Art of the 1970s, Neo Geo, the 'Neuen Wilden' of the 1980s. The Italian Transavanguardia. The world is so colourful. TV, everyday life, design; cinema is even more colourful than real life."[3] His manner of painting is about dimming

Verworfen hat er alles, was ihm in Berlin zu nah war, zu nahe kam, d.h. visuelle Eindrücke, die ihn ansprangen oder überwältigten wie Trugbilder. Solchen misstraut er grundsätzlich. Alles, was Eingang in seine Kunst findet, geht durch einen gedanklichen und malerischen Aneignungsprozess. Der Künstler muss etwas zwischen sich und das Objekt legen.

Grau, graublau, graugrün

Grau ist eine Farbe, die in Kotscha Reists Malerei latent vorhanden ist. Grau ist die komplexeste Farbe der Malerei, wie schon Gerhard Richter in seinem Werkzyklus von 1972 behauptete: Sie sei eine Fiktion. Das Sujet in der Farbe zurücknehmen, im Grau distanzierter wieder aufscheinen lassen; es geht um Vermutungen in einem Bild. Das mag Kotscha Reist. In der Latenz lassen.

«Malerei ist meistens so bunt. Die Pop Art der 1970er Jahre, Neo Geo, die Neuen Wilden der 1980er Jahre. Die italienische Transavanguardia. Alles ist so bunt in der Welt. TV, Alltag, Design; Kino ist oft noch bunter als die Realität.»[3] In seiner Malerei geht es um das Dimmen, das Verschleiern und Zurücknehmen and blurring, about reducing colour. The chosen range of colours has to do with his subjects. Folding screens, walls, pieces of furniture that got lost in rooms. It is not a flashy world. Kotscha Reist is interested in the things in between. The slow appearance of things. The reduction to a few aspects. There is a certain melancholy about his works.

Heroes/Colleagues

In 2007 Kotscha Reist began a series on paper entitled *Heroes/Colleagues*. It is a series of portraits of artists and painters he knows and appreciates. Francis Picabia, Luc Tuymans, Gerhard Richter, Frida Kahlo, Jackson Pollock, Katharina Grosse, Wilhelm Sasnal. Gilbert & George, Pablo Picasso, Fernand Léger, Georges Braque, Mark Rothko, Sigmar Polke. Michelangelo Pistoletto, Roberto Matta, René Magritte, August Macke, Eberhard Haverkost, Anselm Kiefer, Hannah Höch, Philip Guston, Richard Diebenkorn, Kees von Dongen. The list is constantly growing. Friends and colleagues, too, have been included

Liebermanns Garten, Wenzels Stuhl (aus der Serie: Berliner Notizen), 2010
beide 29.7 × 21 cm, Aquarell & Collage auf Papier

Berliner Notitzen, Weinachtsaustellung Kunsthalle Bern, 2010

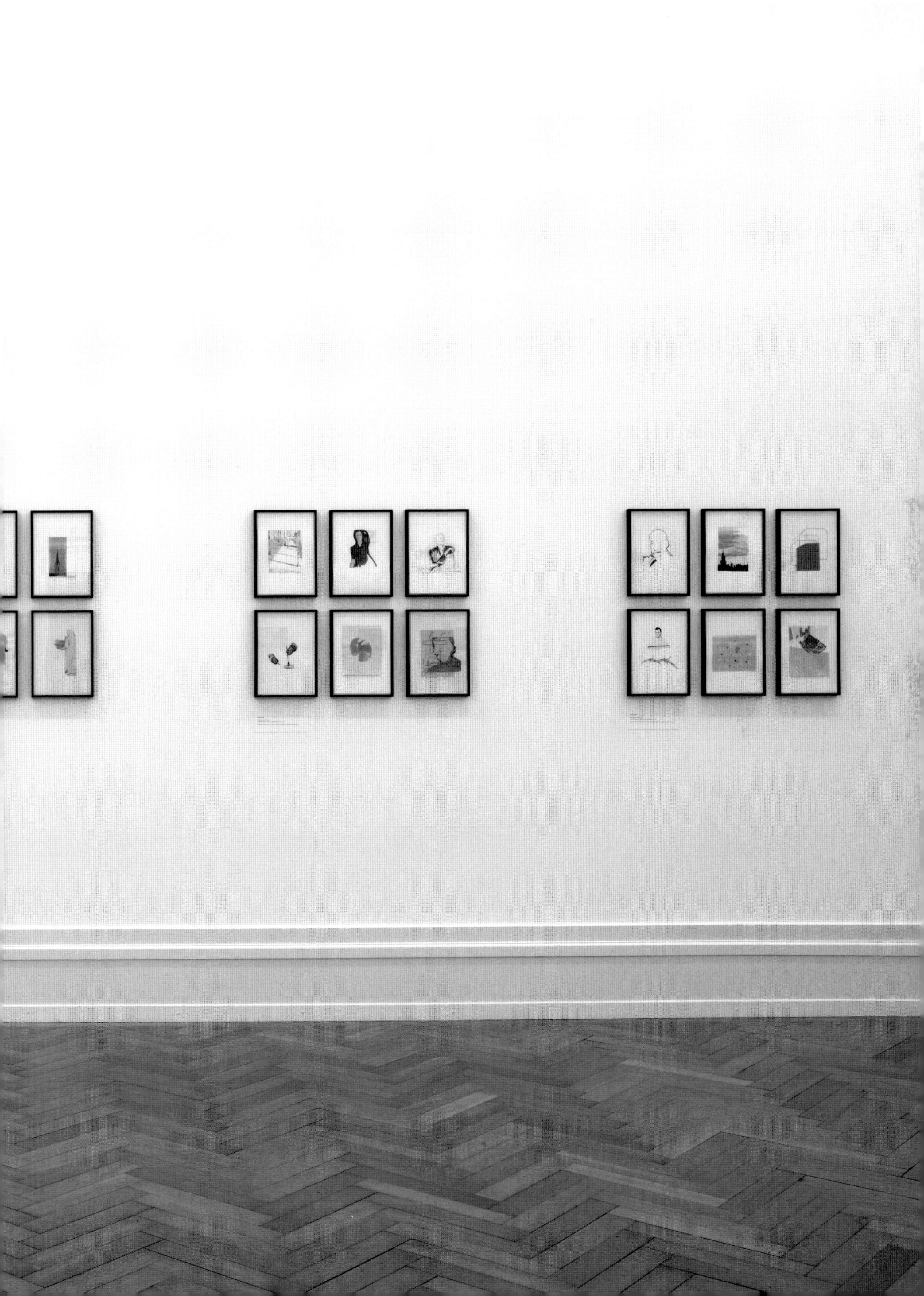

an Farbe. Die gewählte Palette hat mit dem Charakter seiner Sujets zu tun. Paravents, Wandstücke, in Räumen verlorene Möbelstücke. Es ist keine schrille Welt. Kotscha Reist interessieren die Zwischentöne, Zwischenwelten. Das langsame Aufscheinen der Dinge. Das Reduzieren auf wenige Aspekte. Es liegt eine gewisse Melancholie in seiner Arbeit.

Heroes/Colleagues

Die Serie *Heroes/Colleagues* auf Papier hat Kotscha Reist im Jahr 2007 begonnen. Es ist eine Serie von Porträts von Künstlern und Malern, die er kennt und schätzt. Francis Picabia, Luc Tuymans, Gerhard Richter, Frida Kahlo, Jackson Pollock, Katharina Grosse, Wilhelm Sasnal. Gilbert & George, Pablo Picasso, Fernand Léger, Georges Braque, Mark Rothko, Sigmar Polke. Michelangelo Pistoletto, Roberto Matta, René Magritte, August Macke, Eberhard Haverkost, Anselm Kiefer, Hannah Höch, Philip Guston, Richard Diebenkorn, Kees von Dongen. Die Liste erweitert sich ständig. Auch Freunde und Kollegen sind in diese Serie aufgenommen worden, z.B. Vincent Chablais und Vaclav Pozarek.

Kotscha Reist reizte es, Gesichter von Kollegen zu malen, denen er persönlich nahe ist, aber auch Gesichter von verehrten Künstlern, die er persönlich nicht kennt und die teilweise schon längst gestorben sind. Dabei stellt sich mit der Zeit die Frage, wer Kollege und wer Held ist. «Kollegen hat man einfach, die sind einfach da», sinniert Kotscha Reist. «Der Kollege wird nicht bewertet.» Emotionaler wird es bei den Helden. Helden sind bewundernswert. Es sind die Seelenfreunde, aber auch die Rivalen. Die ehemaligen Vorbilder, die Reibungsflächen, die Konkurrenten auf dem Markt. Dieser Unterschied ist spannend.

Eine solche Sammlung von Gesichtern oder ikonischen Bildern haben die meisten Künstler in ihrem Atelier um sich herum aufgestellt, in Form von Postkarten an die Wand gepinnt oder auf dem Tisch ausgelegt. Meist sind sie intim und fürs Publikum nicht sichtbar. Darüber wird eher nicht gesprochen. Kotscha Reist hat eine individuelle Lösung für das gefunden, was man künstlerische Wahlverwandtschaften nennt. Er malt sie sich. Auf kleine Blätter, A4. Ab und zu hängt er sie auf. Meistens ruhen sie in einer Schachtel übereinander. Sozusagen Haut auf Haut.

in the series, for example Vincent Chablais and Vaclav Pozarek.

Reist felt intrigued to paint faces of colleagues he knows personally but also faces of revered painters not known to him in person, and some of them already deceased. After a while one starts to wonder who is colleague and who is hero. "Colleagues are just there", Reist muses, and he adds: "We do not judge colleagues". With regard to heroes there are deeper emotions involved. Heroes are admired. They are soul mates but also rivals; former role models, sources of friction and competitors on the market. This difference is thrilling.

In most artists' studios such a collection of faces or iconic images can be found in the form of postcards pinned onto the walls or spread out on a table. They are usually intimate and not meant for the public's eyes. They are rather not talked about. Kotscha Reist has found an individual solution for what we might call artistic 'elective affinities'. He paints them.

Aus der Serie: Between the Line, 2011
29.7 × 21 cm, Aquarell & Collage auf Papier

In Between the Line

Eine noch nie öffentlich gezeigte Serie bestehend aus 20 Arbeiten auf Papier ist mit *In Between the Line* betitelt. Der Titel umschreibt treffend, was die künstlerische Haltung von Kotscha Reist kennzeichnet.

Der Versuch, in dieser Serie auf Papier tatsächlich den Strich zwischen die Linie oder in den Umriss eines Gegenstands zu setzen, ist ein künstlerisches Paradox. Es ist formal und praktisch unmöglich und mag nur über die Distanziertheit gelingen. Distanz ist ein Begriff, den Kotscha Reist immer wieder für die Charakterisierung seiner Arbeit gebraucht. In seinem Werk bedeutet der Begriff aber nicht ein unterkühltes Sezieren, sondern führt sich als ein Phänomen von lakonischer Latenz ein. Als Vorgang des Ausschneidens und Ablösens der gemalten Motive von der Realität. Martin Seel hat diesen Vorgang als «ästhetische Aufmerksamkeit» beschrieben: «Ästhetische Aufmerksamkeit ist eine Aufmerksamkeit für ein Geschehen der äusseren Welt und zugleich eine Aufmerksamkeit für uns selbst: für den Augenblick hier und jetzt.»[4]

Ästhetische Aufmerksamkeit ist bei Kotscha Reist das gemalte Lächeln seiner Figuren in den Bildern. Der Blick des Affen. Man weiss nicht, ob es ein Lächeln der Verlorenheit oder der Gewissheit ist.

On small paper, A4. Sometimes he hangs them on a wall. Usually they lie in a box, one on top of the other. Cheek by jowl, as it were.

In Between the Line

In Between the Line, the title of a series never shown in public before and consisting of twenty works on paper, is an accurate description of Kotscha Reist's artistic attitude. The attempt to place strokes between the lines or within the outlines of an object is an artistic paradox. It is formally and practically impossible and may only be achieved by distance. Distance is a term Reist uses again and again to characterise his works. However, the term does not denote a cool dissecting but rather a phenomenon of laconic latency; the process of cutting and removing painted subjects from reality. Martin Seel called this process "aesthetic attentiveness'. "Aesthetic attentiveness to what happens in the external world is thus attentiveness to ourselves: the moment here and now."[4]

In Reist's works aesthetic attentiveness lies in the painted smiles of his figures. The monkey's gaze. There is no telling whether the smile denotes loneliness or confidence.

---

1 Interview mit Kotscha Reist vom 3.12.2012 im Atelier in Thun.
2 Definiert und beendet wurde die Serie *Berliner Notizen* erst nach der Rückkehr in die Schweiz im Thuner Atelier.
3 Interview mit Kotscha Reist, 3.12.2011, Atelier Thun.
4 Martin Seel, *Ästhetik des Erscheinens*, München 2000, S. 39.

1 Interview with Kotscha Reist in his studio in Thun, 3 December 2011.
2 The series *Berliner Notizen* was finished after returning to Switzerland, in the artist's studio in Thun.
3 Interview with Kotscha Reist in his studio in Thun, 3 December 2011.
4 Martin Seel, *The Aesthetics of Appearance*, translated by John Farrell, Stanford University Press, 2005, p. 16.

Heroes/Colleagues (Auschnitt), 2007–2010, 95-teilig 500 × 350 cm, Mischtechnik auf Papier/Installation

Before Spring
Modellhaus
Souvenir II
Drunk
Interruption

Liebermanns Garten
Sniper Spot
Bethina

Der geometrische Blick
Smell
UNO Modell
Europa Haus

Die Leipziger Stunde
Hotel
Living Paravent
Idiot
Dinner
From my Window
Socks
Helikopter

Amigo
Flag
Exchange
Dutch Window
Restlessness
Love Filmends

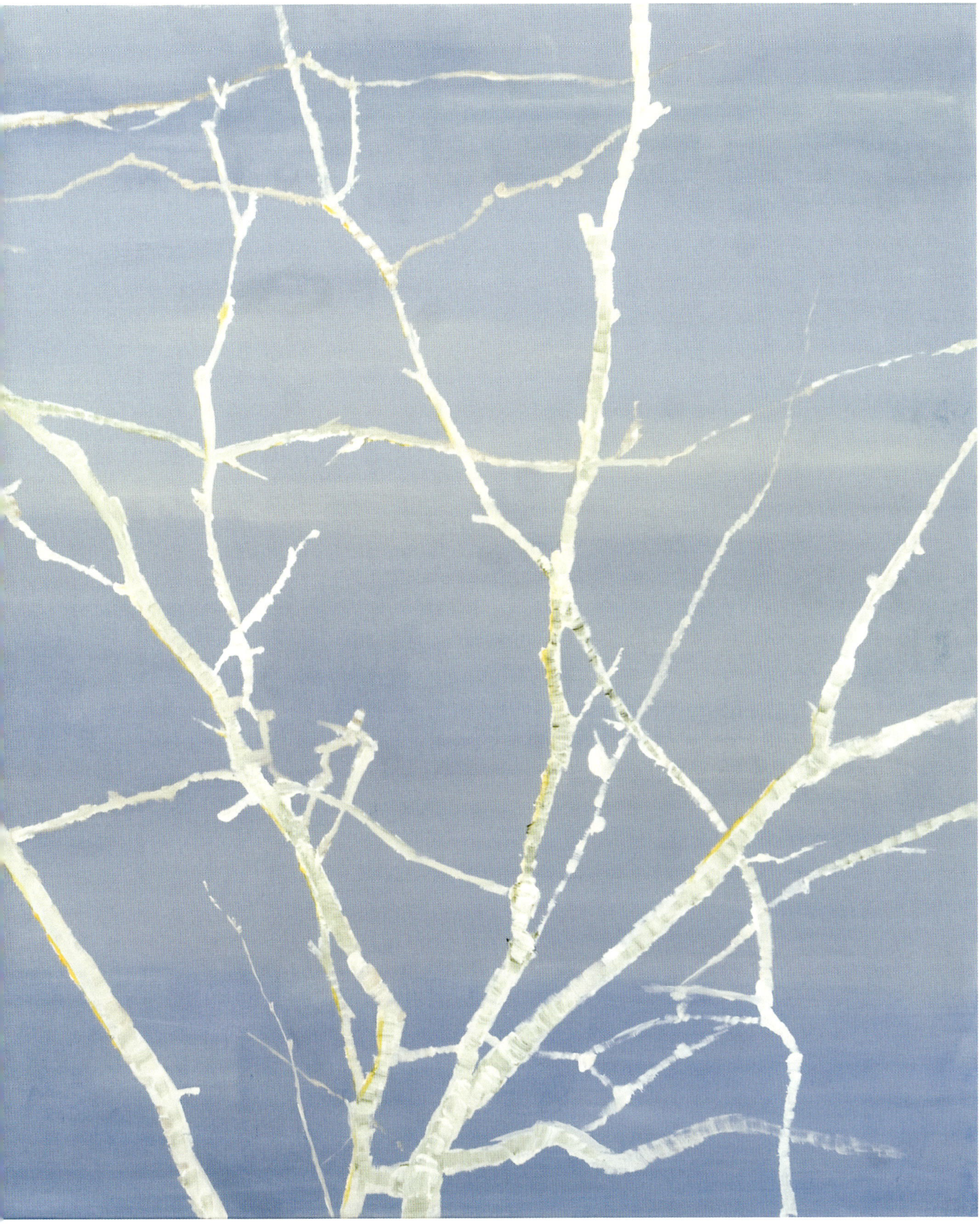

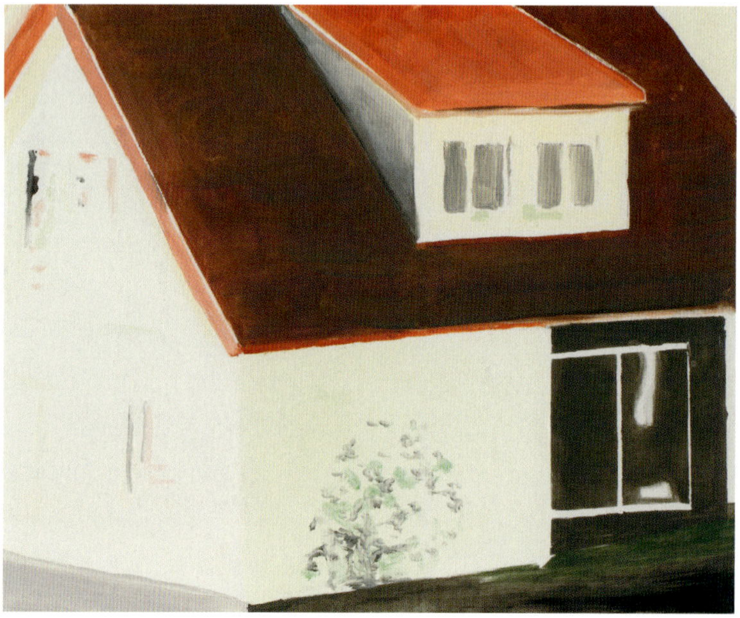

61

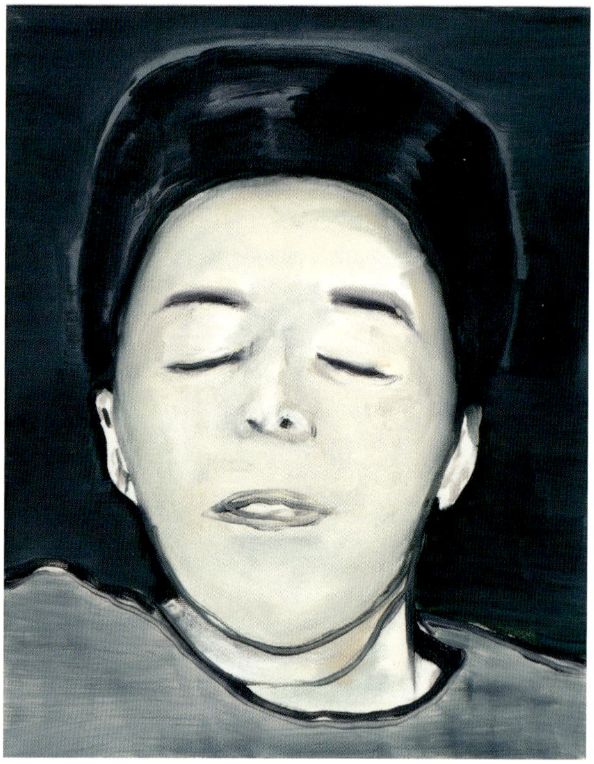

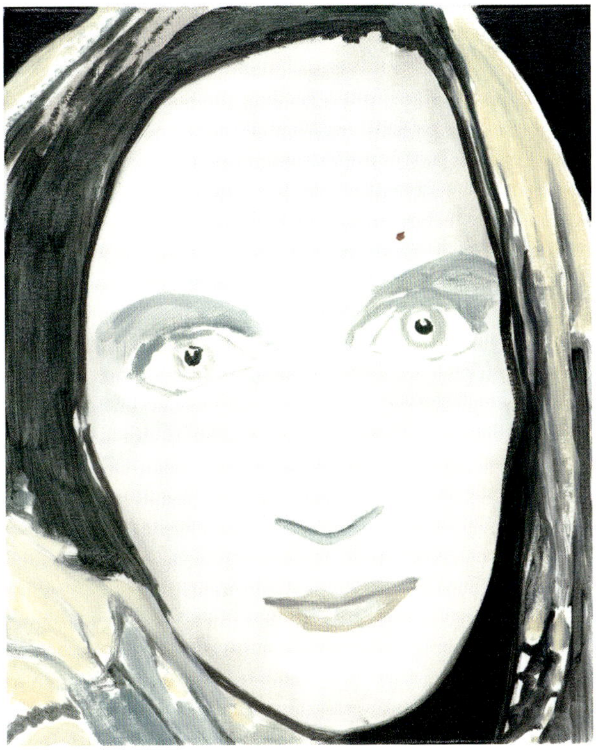

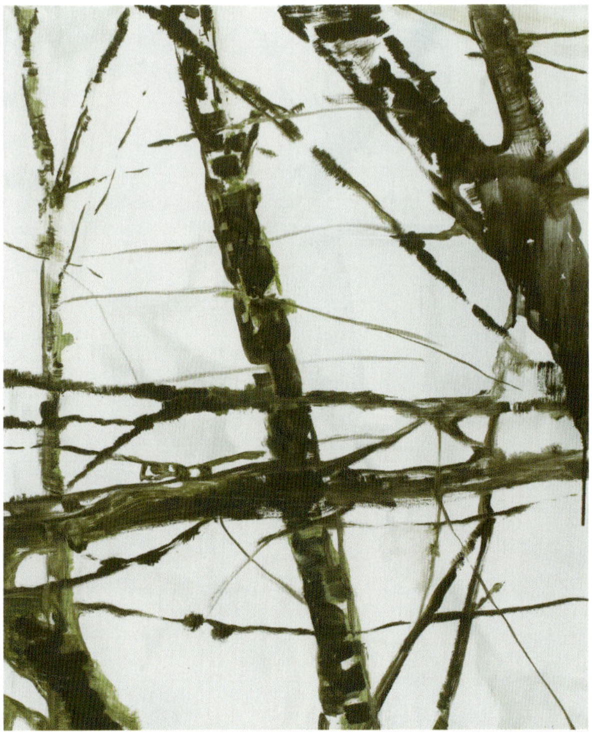

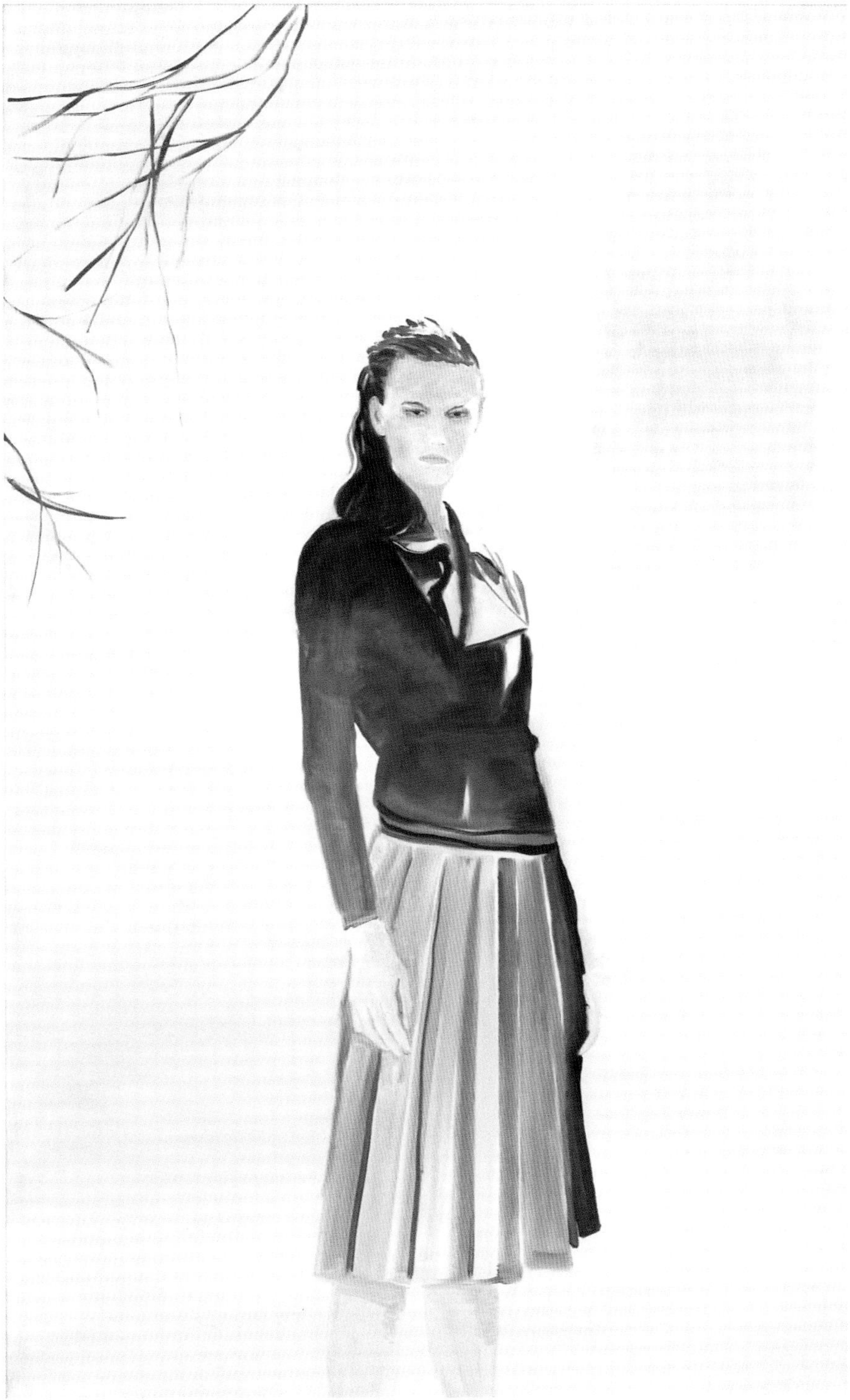

68

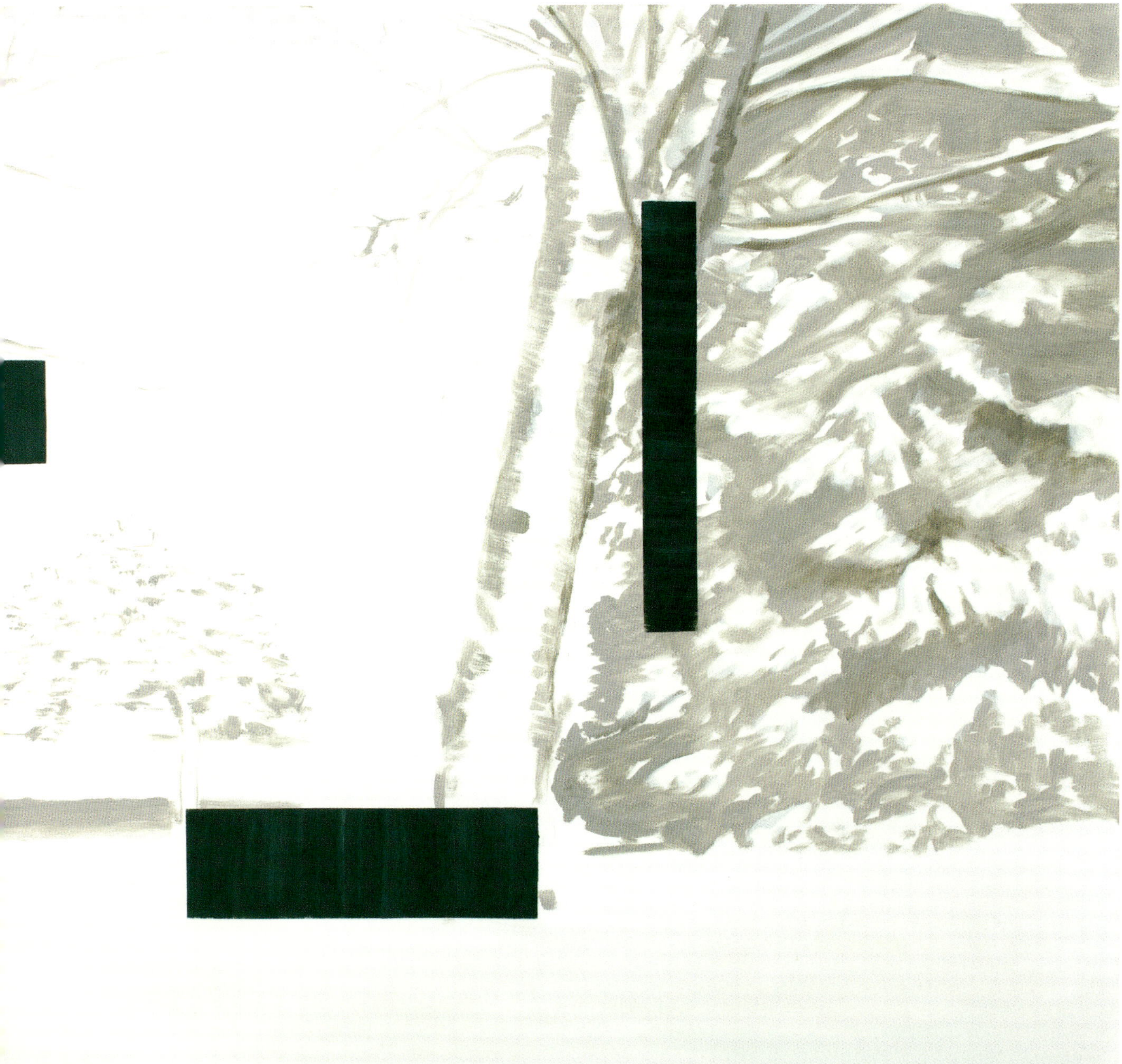

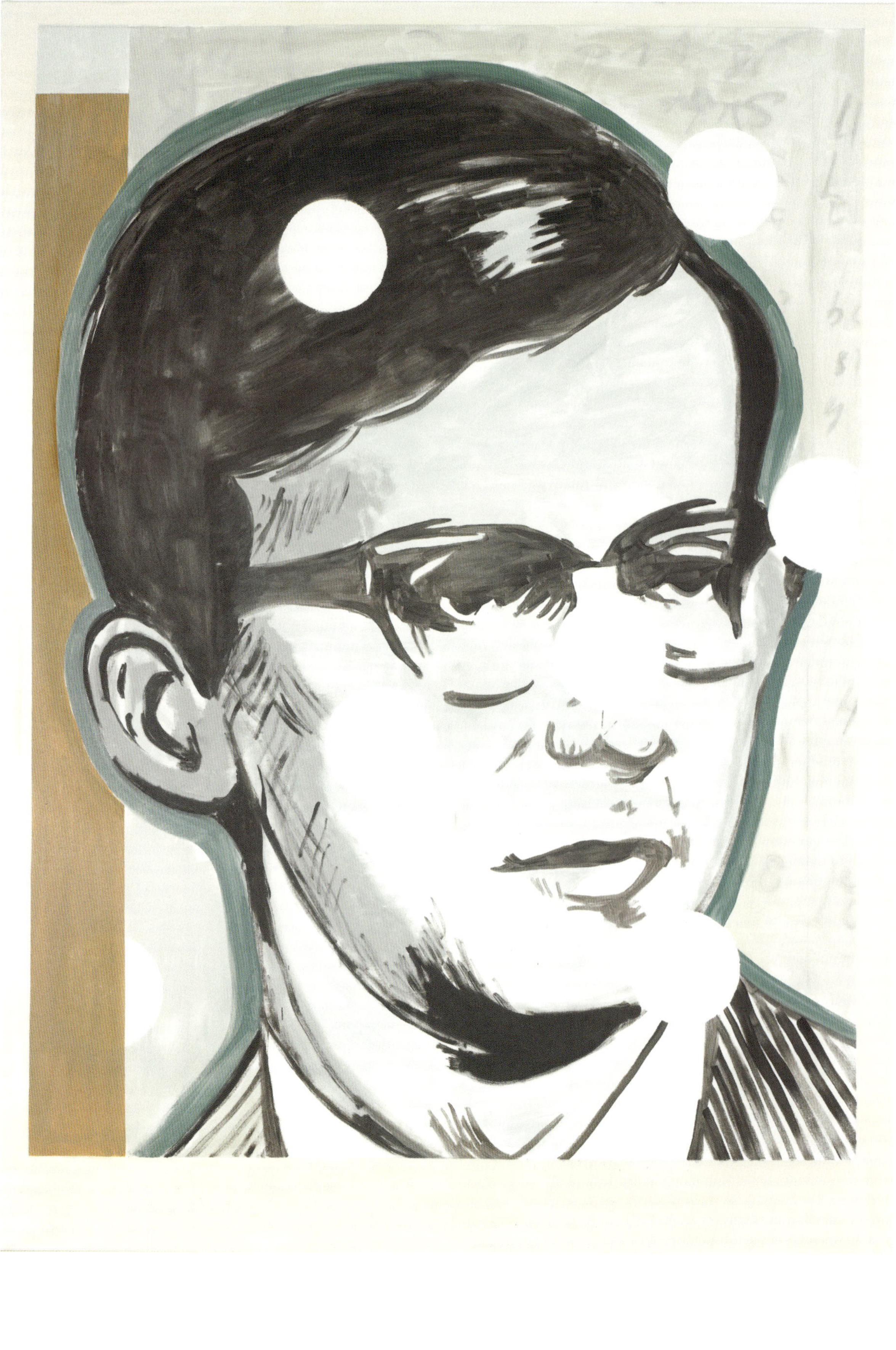

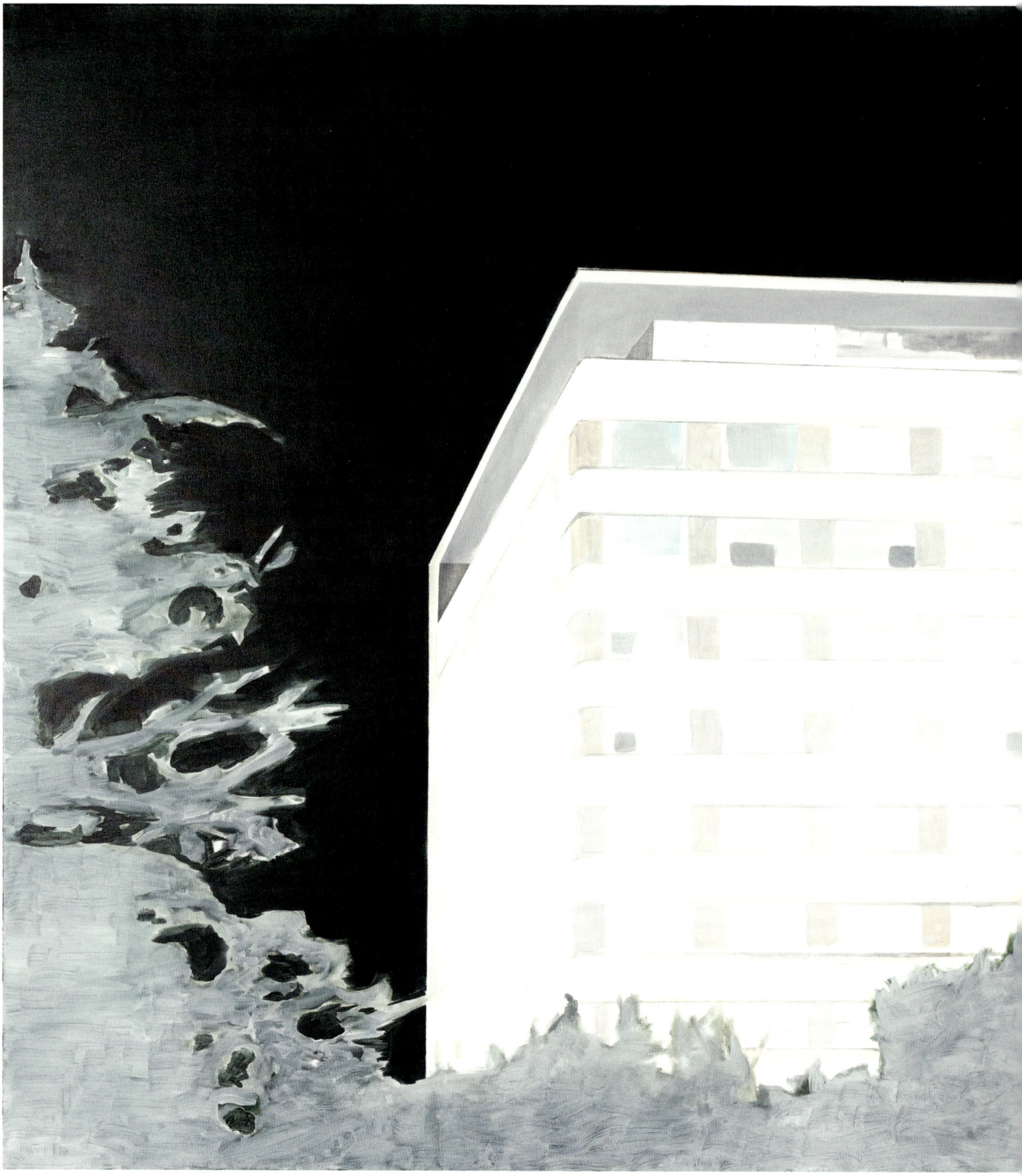

73

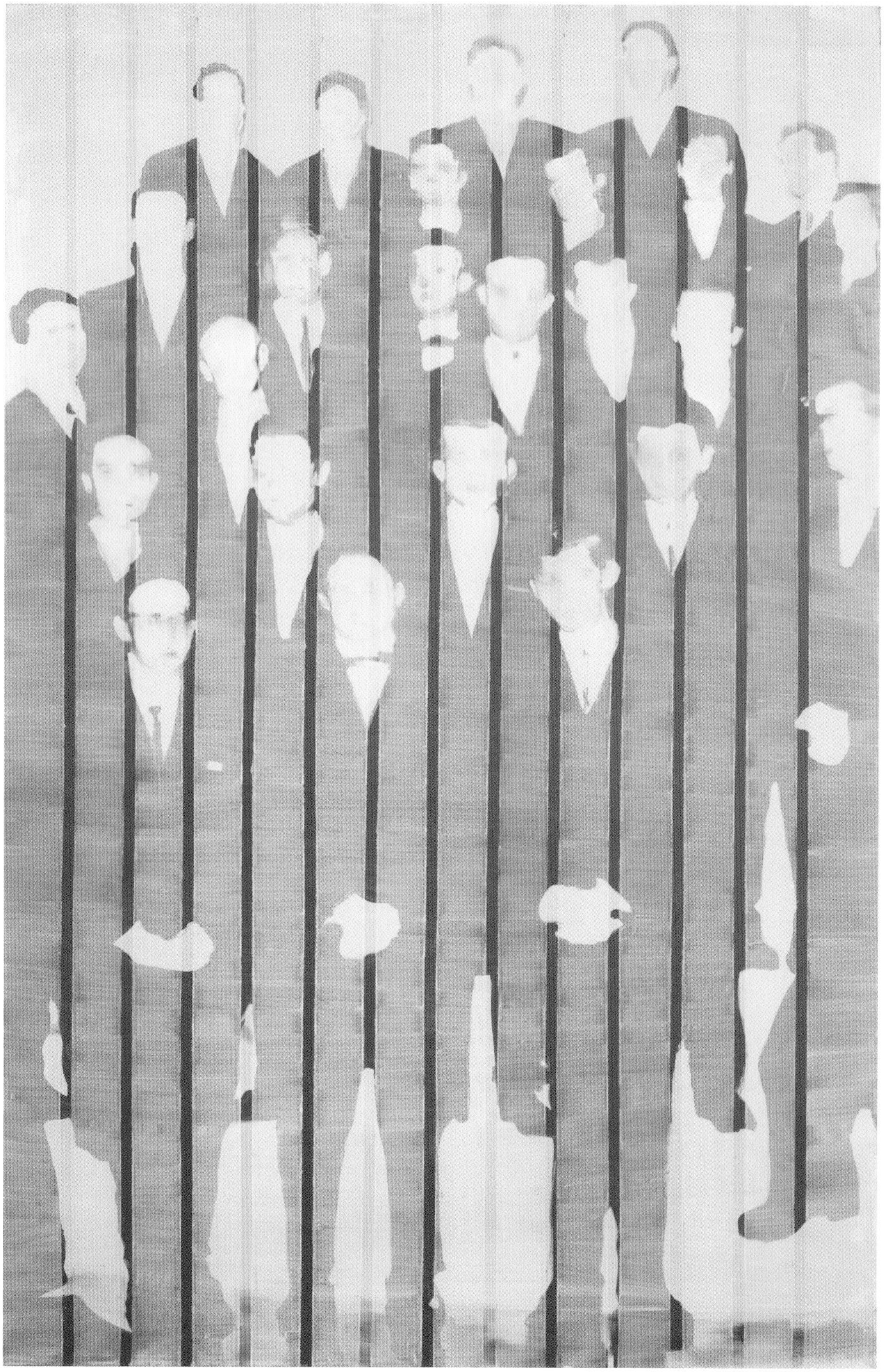

75

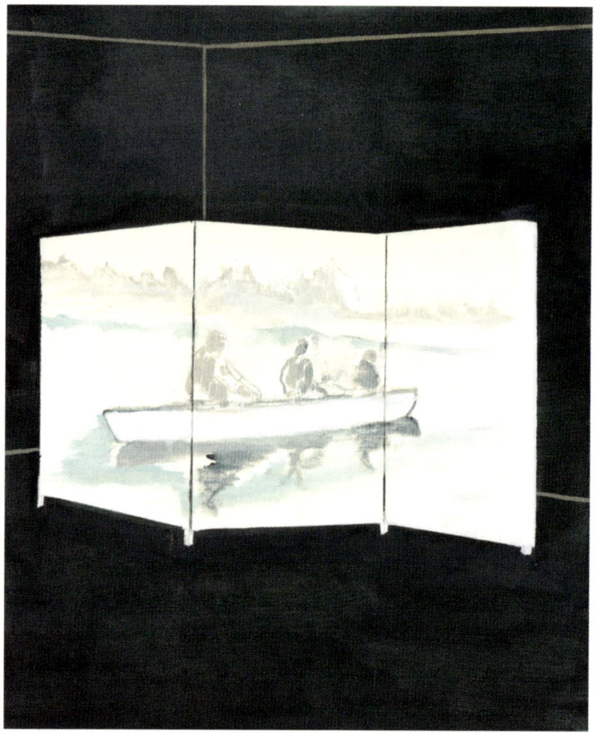

77

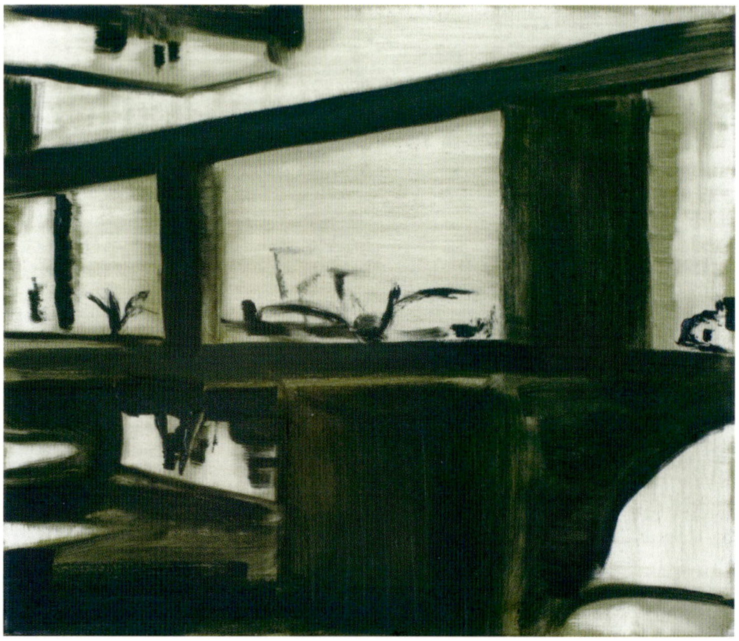

79

80

81

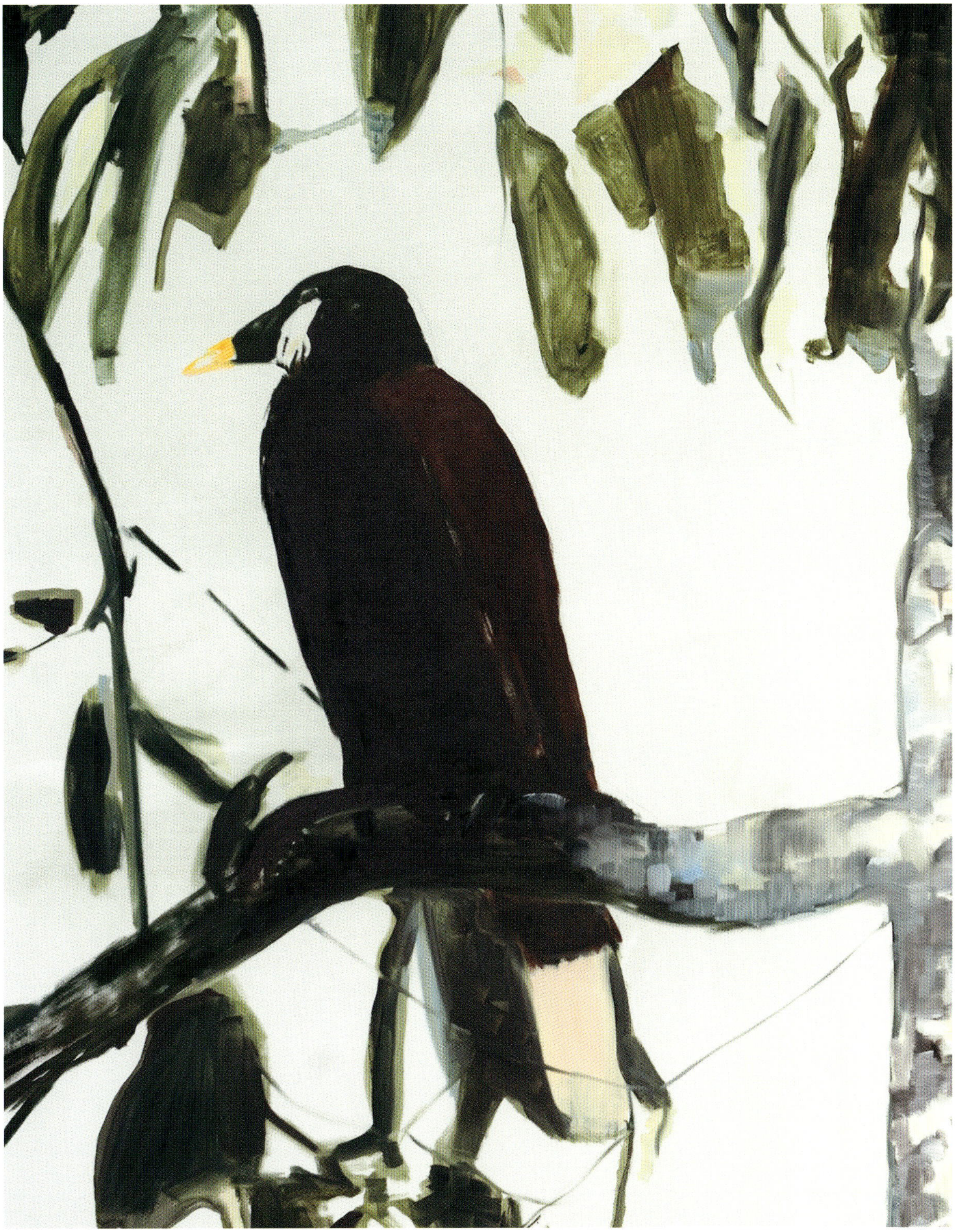

84

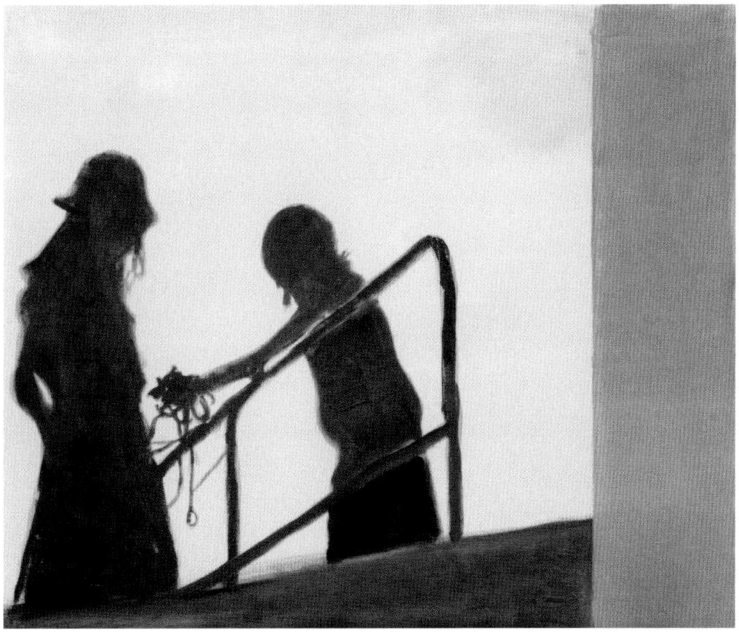

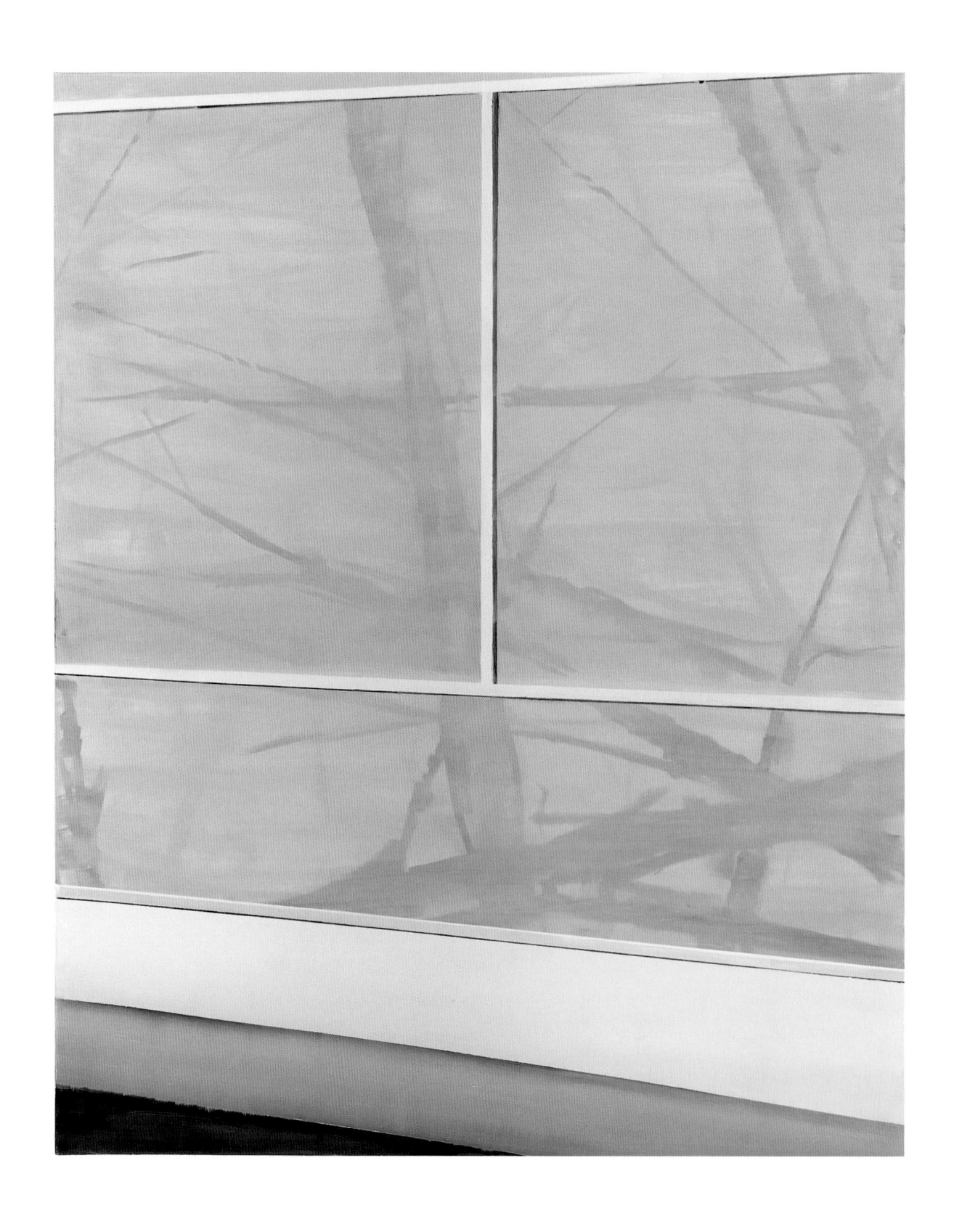

87

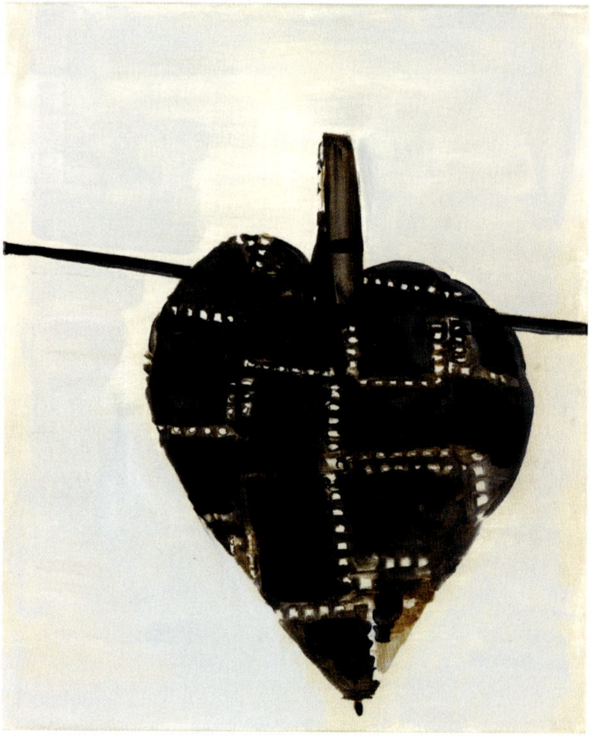

Konrad Tobler

Das Rätsel des Bildes – Zur Bildfindung in der Malerei von Kotscha Reist
The Mystery of the Image – on the Creation of image creation in Kotscha Reist's paintings

Wiederholte, regelmässige Atelierbesuche, intensive Gespräche und Diskussionen vor den Bildern und über die Bilder, verschiedene Texte, die ich geschrieben habe – das Werk von Kotscha Reist kenne ich seit vielen Jahren. Dennoch merkte ich, über dieses Werk nachdenkend, dass es gar nicht so leicht und einfach ist, dessen Kern genau zu benennen. Nicht weil es da nichts zu benennen gäbe, sondern weil der Nukleus ein komplexer ist. Und weil die Bildfindung, Bilderfindung und Bildwerdung bei Kotscha Reist ins Zentrum der Frage nach dem Bild führt, zu Fragen danach, wie ein Bild «wird», was ein Bild «ist» und was ein Bild «sagt».

Das latente Bild

Anfang 2009 hatte ich die Gelegenheit, das allmähliche Werden eines Bildes von Kotscha Reist Schritt für Schritt zu verfolgen.[1] Zu Beginn war, daran ist an sich nichts Besonderes, die leere Leinwand, immerhin mit einem Format von 240 auf 180 Zentimeter. Mit der leeren Leinwand stand im Atelier der Stoff für Künstlerlegenden und -mythen: der Horror vor der Leere, der den Künstler nun packen und lähmen könnte. Man sieht vor dem inneren Auge den Maler, wie er rastlos im Atelier auf- und abgeht, in einem Buch blätternd, nach Ideen suchend. Das mag, wie beim Schreiben, manchmal der Fall sein, aber Reist hatte damals bereits eine Bildidee, wenn auch eine, die noch unausgegoren war. Er verglich es damals mit dem Suchen nach einem Wort, das einem auf der Zunge liegt, von dem man

Repeated, regular visits to the artist's studio, intensive talks and discussions in front of the pictures and about the pictures, several texts I wrote – I have known Kotscha Reist's work for a good number of years. Yet, reflecting on it, I realised that is not so easy to pin down the exact nature of its essence. It is not that there is nothing to pin down, but the work's nucleus is a complex one. Also, the question of how Reist finds, invents and creates images is one that takes us right to the centre of the question of how an image comes about, what it 'is' and what it 'says'.

The Latent Image

At the beginning of 2009 I had the opportunity to observe the gradual creation of one of Reist's paintings step by step.[1] First, there was the empty canvas; unspectacular apart from the fact that it measured 240 x 180 cm. The blank canvas brought the material for artists legends and myths had entered the studio: the horror of the empty space that might paralyse the artist. In my mind's eye, I saw him pacing up and down the studio restlessly, flicking through a book in search of ideas. This may well be the case for some visual artists, as for some authors, but Reist did have an idea for an image. Yet, it was a vague one. He compared it to searching for the word on the tip of one's tongue: one knows it is the

weiss, dass es jenes bestimmte Wort ist und sein muss, das aber noch nicht präsent ist. Das Bild also war latent da, aber noch nicht vor den Augen des Künstlers.

Vielleicht ist der Prozess fast ein wenig dem der Fotografie vergleichbar: Potenziell ist das Sujet auf dem Fotopapier vorhanden, dieses ist belichtet, aber erst allmählich wird es sich zeigen – dann, wenn der Entwicklungsprozess fertig ist. So taucht es nach und nach auf, zuerst nur schemenhaft. Bis das Bild zum Künstler kommt und wie genau es bei ihm ankommt – das lässt sich jedoch nur schwer nachvollziehen. Jedenfalls ist Kotscha Reist ein Bilderfinder. Das Wort hat, wie sich leicht lesen lässt, einen doppelten Sinn: Reist findet Bilder, und er erfindet sie. Auffällig ist dabei die grosse Anzahl der Motive, die er aufnimmt und in einer Bewegung des Wiederholens vorantreibt. Wiederum ist das Wort, diesmal das der Wiederholung, nicht im einfachen Wortsinn zu verstehen: Wieder holen heisst erneut hervorholen und weitertreiben – Vögel, Äste, Häuser etwa. Im Akt des Wieder-Holens verwandelt sich das Motiv. Der Maler setzt neue Akzente, schafft eine andere Atmosphäre.

Wie durch einen Schleier

Reist vergrössert und verfremdet meistens eine Vorlage (Ausrisse aus Zeitungen und Zeitschriften, Funde aus dem Internet). Er lässt das gemalte Motiv wie durch einen Schleier aufscheinen – und bringt es dadurch beinahe zum Verschwinden. Diese Dialektik von Präsenz und Absenz der Dinge zieht sich von Anfang an durch sein Werk. Reist pflegt die Erzählung, die sich aus dem Fragment einer Szenerie ergeben kann. Dabei geht es ihm nicht um Illustration, sondern um das Potenzial eines meist einfachen und alltäglichen Motivs, das beim Betrachten die Frage nach dem Vorher und dem Nachher stellt. Diese Offenheit, in der das Bekannte irritiert, stellt auch die Frage nach der Verankerung des Bildes: Sein Ursprung liegt letztlich in der Erinnerung – an einen Moment, da das Bild auftauchte, an Bilder, die durch Bilder evoziert wurden. Diese Bewegung präzisiert auch den Begriff des Wiederholens: Es ist nicht eigentlich eine Repetition, sondern eine Art Erinnerung nach vorn; erneuerte Erinnerung, neue Erinnerung. Die Bildwerdung ist immer unmittelbare ästhetische Erfahrung des Künstlers, sie ist, in den Worten von Günter Wohlfart, «eine Erfahrung sinnlicher Sinnbildung, doch der Sinn, von dem hier die Rede ist, ist ja nicht etwas von

right one, the very word, but it is not yet present. So, a latent image was there, he just could not see it yet.

Maybe the process could be compared to photography: the motif is potentially on the expored paper, but the image will reveal itself only when the developing process is completed. Emerging gradually, outlines first,

Funnel Man, 2010, 150 × 120 cm
BB, 2009, 50 × 40 cm, beide Oel auf Leinwand

anderswo Gegebenes, Vorgegebenes, sondern
etwas sich erst Ergebendes. Das Bild ist nicht die Illustration eines Sinnes, der sich auch sagen liesse.»²

Das mag einer der Antriebe zum Malen sein. Die Bilder enden nie, sind nie zu Ende. Jedes Bild ruft bei Reist nach dem nächsten, und teilweise entstehen die Bilder parallel, und zwar mit verschiedensten Motiven. Um ein Diktum des romantischen Malers Philipp Otto Runge auf diesen Prozess zu übertragen: Hier ist die Neugierde «nach der Möglichkeit neuer Bilder» in einem frappierenden Bilderfluss am Werk.

Das Gewicht der Leerräume

Zurück zur Bildwerdung. In einem weiteren Schritt hatte sich die leere Leinwand belebt: Zwei Bäume waren gross in sie hineingewachsen, als ob sie an einem Abhang oder gar über einem Abgrund stünden. Ein Astwerk öffnete zudem filigrane Räume; hier hatte sich Malerisches ereignet – und zwar mit einem Sujet, das Reist immer wieder aufnimmt: einfache Äste, die so etwas wie ein malerisches Netzwerk bilden, Leerräume lassen, die ihrerseits wieder Orte der Malerei sind.

Auch das Bildzentrum auf der grossen Leinwand war – noch? – leer. Leer heisst hier: übermalt. Die Leere ist nicht die nackte oder einfach nur grundierte Leinwand, sondern konstituierendes Element von Bild und Bildkomposition. Der Farbauftrag ist dabei bei Reist immer eher dünn, aber vielschichtig. Die Leuchtkraft der Farben wird zurückgenommen und reflektiert so ihrerseits ein nuanciertes Wechselspiel von Dasein und Verschwinden – als ob sich hier der Prozess der Bildfindung nochmals spiegeln würde. Überhaupt nimmt der (gemalte) Leerraum eine wichtige Stelle ein im Werk von Reist. Er ist es, der neben der Malweise die Dinge in der Schwebe hält. Und er ist es, der die blosse Abbildung der Motive ebenso durchkreuzt wie deren Gegenständlichkeit.³ Der Leerraum schafft die Offenheit des Bildes: «Gerade die Stelle ‹völliger Leere›», so wiederum Wohlfart, «kann die sinnvollste, die ikonisch dichteste [Gottfried Boehm] sein. Die leere Stelle ist gewissermassen die ‹carte blanche› für Sinnerfüllung. Das Weiss ist wie ein Schweigen, das plötzlich verstanden werden kann (Kandinsky); es ist eine Leere, die gelesen werden kann.»⁴ Wie ist das genau bei Reists Gemälden *Mise en bouteille*, *Mystic Shift* oder *Funnel Man*, wo runde weisse Flächen sich über Gesichter legen? Hier wird die Offenheit des Bildes

the image will eventually reach the artist. How exactly it reaches him, however, is difficult to tell. In any case, the artist is a 'Bilderfinder', a word that has a double meaning: it can be understood as finding images ('finden') as well as inventing them ('erfinden'). What is striking is the great number of motifs Reist takes up in order to develop them in a movement of repetition. Again, in German the word for repetition – 'Wiederholung' – ought to be understood in more than the literal sense. 'Wiederholen' means 'to repeat' but also 'to get again' or 'to retrieve' – birds, branches, for example. In the process of retrieving the motif is transformed. The painter emphasises new elements, thus creating a different atmosphere.

As if Through a Veil

Reist usually enlarges and edits images from newspapers, magazines or the Internet. He paints the motif as if seen through a veil – so that it almost seems to disappear. This dialectic of presence and absence has characterised Reist's work from the very beginning. He likes to suggest stories from the fragments of a scene. What he is not interested in, however, is illustration. Rather, it is the potential of simple and every day motifs that attract his attention; motifs that make the beholder wonder about the before and after. This openness, in which familiar things become unsettling, also raises the question of the origin of images. In the final analysis, it lies in memory, in remembering the moment when the image emerged. This movement also specifies the notion of repetition: is not so much 'repetition' but a sort of 'remembering ahead'; renewed memory, new memory. The creation of an image is always an instant aesthetic experience by the artist. It is, in the words of Günther Wohlfahrt, "an experience of sensual creation of meaning, but the kind of meaning we are talking about is not given or dictated from 'elsewhere'! It is but something in the process of 'becoming'. The image is not the illustration of some meaning that might just as well be put in words."²

This may be one of the Reist's motivations for painting. The paintings are never finished, they never come to an end. Each picture asks for another one, and the artist sometimes

Mystic Shift, 2010,
150 × 120 cm, Oel auf Leinwand

zu einer eigentlichen inhaltlichen Blindfläche. Man weiss nicht, ob das Bild unterbrochen wird, oder ob sich einfach eine weitere Ebene über das Bild gelegt oder in es hineingeschoben wurde. Oder ist es so, dass wir, wie in einen Trichter («funnel») Bedeutungen in das Gesehene hineinfüllen würden?

Die Leerstelle wird zur Frage – nach dem Bild. Und nach der Malerei. Das kleinformatige Gemälde *Le miracle* zeigt eine Person von hinten, die ein Gemälde an der Wand betrachtet. Auf dem Gemälde ist eine Landschaft zu sehen, deren Mittelpunkt ein leerer Kreis ist. Wir sehen so sehend das Sehen – und müssen uns fragen, was die schauende Person sieht, ob die schauende Person denkt, sie sehe da im Zentrum eigentlich – nichts. Sie sieht, wie wir, nichts als Malerei.

Das Bild als Bild

Bei einem weiteren Atelierbesuch hatte sich alles verändert. Das Bild mit den beiden Bäumen, das man zu kennen meinte, war ein anderes geworden. Die beiden Bäume waren noch da, auch die malerischen Zweige und die gemalten Leerstellen dazwischen. Aber nach einer neuen Arbeitsphase des Malers schaute man wie durch ein Fenster in die

works on several at the same time. To transfer onto this process a dictum by the Romantic painter Philip Otto Runge: what is at work here is the curiosity "for the possibility of new images" in a striking stream of images.

The Importance of Empty Space

Let us return to the process of image creation. In a next step the empty canvas had filled up: two tall trees were stretching their branches across the surface as if standing atop a slope or a precipice. Moreover, some branches framed a delicately defined space. Something painterly had happened here, with a motif the painter has used many times: simple branches that form a sort of painterly mesh with empty spaces in between, which become places of painting in their own right.

The centre of the huge canvas was – still? – empty, which means in this case: painted over. Emptiness does not mean blank or just primed canvas but it is a constitutive element of image and image composition. The artist always puts fairly thin but complex layers on top of each other. Almost as if mirroring the process of image creation, the brilliance of the colours is reduced and reflects an intricate interplay between being here and disappearing. The (painted) empty space plays an important role in the artist's work. It is indeed, apart from his painting style, what keeps things in a state of uncertainty, and it is also what puts paid to the idea of painting being a mere copy of a motif, as well as to the motif's figurativeness.[3] The empty space enables the painting's openness, or in Wolfahrt's words again: "It is indeed the place of complete emptiness that may be the most meaningful, the 'iconically densest' area [Gottfried Boehm]. The empty space is a 'carte blanche' for meaning as it were. White is like a silence that makes sense all of a sudden (Kandinsky); it is a void that can be read."[4] How exactly does this work in Reist's paintings *Mise en bouteille*, *Mystic Shift* or *Funnel Man* where round white areas have been laid over people's faces? Here the openness of the painting becomes, in terms of content, a blind spot as it were. We do not know if the painting process is interrupted or if a further plane has been laid across the

Landschaft, in deren Mittelpunkt ein simples Haus aufgetaucht war. Malerband deutete darauf hin, dass das Fenster als Raster über das ganze Bild gezogen werden würde – und dass Reist damit ein Motiv aufgenommen hatte, das ihn in verschiedenen Variationen (man denke nur an seine Zweig- oder Ast-Bilder) seit langem beschäftigt. Der Raster ist schliesslich Teil des Formenvokabulars und Kompositionsprinzips in der Malerei, sei es als übermalte Grundlage des Bildes wie bei Albrecht Dürer oder Ferdinand Hodler, sei es als wesentliches Bildthema und -sujet wie etwa bei Piet Mondrian, den Reist während seiner Kunststudien in den Niederlanden für sich entdeckt hatte.

Die amerikanische Kunsttheoretikerin und Kritikerin Rosalind E. Krauss umschrieb das Rastersystem bereits 1978 als eines der Insignien der Moderne, als das, was den spirituellen Wert des Kunstwerks in ambivalenter Weise zurückweist und ihn durch die Hintertür ins Sakrale hinüberretet, als etwas jedenfalls, das in einem gewissen Sinne symbolisch steht für die Abwendung von der sichtbaren, äusseren Wirklichkeit und für die Hinwendung zur Wirklichkeit des Bildes als eines Bildes: «Auf der räumlichen Ebene proklamiert der Raster die Autonomie der Kunst. Flach, geometrisch, geordnet ist es antinatürlich, anti-mimetisch, anti-real.»[5]

picture. Or is it that we put meaning into what we see as if into a funnel?

The empty space becomes a question – the question about the image. And about painting. The small-format painting *le miracle* depicts a person seen from behind looking at a painting hanging on the wall. The subject of the painting is a landscape, the centre of which is an empty circle. As we are looking we are looking at someone looking, and we have to ask ourselves what the person is seeing, if she thinks that what she sees there in the centre is – nothing at all. She sees, as we are seeing, nothing but painting.

The Painting as Image

On my next visit to the studio everything had changed. The painting with the two trees I thought I knew had become a different one. The trees were still there, as were the painterly branches and the painted empty spaces in between. But now I was looking at the landscape as if through a window, a house had appeared in the middle of the landscape. Masking tape indicated that the window

Atelier Randweg 6, 2009, Lorraine Bern

Auch ohne das Element des Rasters war klar: Das Bild hat nur scheinbar Vorder- und Hintergrund.[6] Letztlich ist und bleibt es eine Fläche, auf der sich die Elemente ineinander verschränken und überlappen. In der Tat spielte der Maler stark mit der Flächigkeit, mit bewusst gesetzten Stereotypen: Das ist ein Haus, das ist ein Baum. Und es sind eben diese klaren Formen, die ihrerseits sagen: Das ist Malerei. Das ist kein Abbild. Und der Raster sagt also seinerseits: Das ist ein Bild – so wie René Magrittes berühmtes Pfeifen-Bild «sagt»: Das ist keine Pfeife.

Es ist dieses Paradox, das den Wirklichkeits- oder besser: den Unwirklichkeitsstatus jedes Gemäldes ausdrückt und zugleich die Grenze zwischen gegenständlicher und ungegenständlicher Malerei aufhebt. Es ist zudem dieses Paradox, das auf die Malerei als Malerei hinweist, die auch für Reist eine zentrale Rolle spielt: der Prozess des Malens, des

would be drawn across the surface like a grid, and that the artist had thus taken up a motif that had preoccupied him for a long time – we only have to think of his paintings of branches. As a matter of fact, the grid is part of the formal vocabulary and compositional principle of painting. It may serve as a basis to be painted over, as in paintings by Albrecht Dürer or Ferdinand Hodler, or it may become the painting's actual subject as with Piet Mondrian, whom Reist had discovered for himself when he was studying arts in the Netherlands.

Already in 1978 the American theorist and art critic Rosalind E. Krauss described the grid as an emblem of Modernism, as that which in an ambivalent way rejects the spiritual value of a work of art while introducing it into the sacred through the back door, or at least as something that symbolises the rejection of the visual external reality in favour of the reality of the picture as picture: "In the spatial sense, the grid states the autonomy of the realm of art. Flattened, geometricized, ordered, it is antinatural, antimimetic, antireal."[5]

Real Estate, 2009, 170 × 230 cm, Oel auf Leinwand

Schichtens, des Sichtbarmachens oder dessen, was einfach – und im Prozess kompliziert – «Peinture» ist, «peinture simple et pure».

Es spricht: das Bild

Beim letzten Besuch dann war das grosse Gemälde fertig. Der Raster war definitiv über das Bild gelegt, als letzte Schicht über das vielschichtige Bild. Der Künstler erklärte, das Bild sei jetzt fertig. Aber was heisst schon, eine Sache sei fertig, sei zu Ende gebracht? Vielleicht ist das dann der Fall, wenn sich soviel Sinn ergeben hat, dass das Bild in sich Sinn macht. Und vielleicht schliesst sich beim Beenden der Kreis des Bildes: So wie nicht fixiert werden kann, wann das Bild beginnt, so wenig ist sagbar, wann es endet.[7] Denn es endet ja nicht im Moment, da der Maler den Pinsel niederlegt. Eigentlich beginnt das Bild erst jetzt, nämlich dann, wenn es den Betrachter anspricht und mit ihm spricht.

Das Sprechen des Bildes wird in einem weiteren kleinformatigen Gemälde aus der gleichen Arbeitsphase zum eigentlichen Thema des Bildes. Zu sehen ist ein Vogel, ein Wellensittich, in heller Manier gemalt, der sich nur leicht vom Hintergrund abhebt. Auf diesem Gemälde sticht vor allem eines heraus: «Speak» heisst es links des Vogels, und man fragt sich unweigerlich, wer denn nun dieser Aufforderung zum Sprechen folgen soll: Gilt sie dem Vogel? Oder spricht dieser selbst zum Betrachter und sagt ihm: Sprich über mich, das Gemalte? Spricht das Gemälde am Ende selbst zum Betrachter? Weil sie leichter zu lesen sind, weil sie eben «sprechen» und nicht «schweigen» wie das Bild, erhalten diese – ebenfalls gemalten – Zeichen automatisch und zugleich fälschlicherweise mehr Bedeutung. Das ist der Vorrang der Sprache vor dem Bild.

Das gilt auch für die Titel. Sie spielen in Reists Werk eine wichtige Rolle. Nur sehr selten benennt er ein Gemälde mit «ohne Titel», was ja letztlich ebenso eine Titelsetzung ist.[8] Das Gemälde, dessen Werden ich verfolgen konnte, betitelte der Maler *Real Estate*. Da das Gemälde in der ersten Hälfte des Jahres 2009, also kurz nach dem Einbruch der grossen Krise der Finanzmärkte entstand, liegt es auf der Hand, in der gemalten Immobilie einen direkten Bezug zum Zeitgeschehen, zur Immobilienblase in den USA zu ziehen, die der grossen Finanzkrise von 2008 voranging.[9] Aber das wäre eindimensional. Damit ist das Bild in seinem Bezug zur Sprache nicht

Even without the element of the grid it became clear: the painting only appears to consist of foreground and background.[6] Ultimately, it is and remains a two dimensional plane on which elements intertwine and overlap. As a matter of fact, Reist was playing with this two-dimensionality, as he was with consciously chosen stereotypes: this is a house, this is a tree. And it is these obvious forms that state: this is a painting. This is not a representation. And the grid too says: this is a picture – in the same way as René Magritte's famous pipe painting 'says': this is not a pipe.

It is this paradox that expresses the status of reality or, rather, unreality of paintings and that at the same time suspends the boundary between the representational and non-representational in painting. What is more, this paradox, pointing out the fact that painting is nothing but painting, plays a central role in Reist's work: the process of painting, of putting layer upon layer, of making visible, of what is simply 'peinture' – 'peinture simple et pure'.

The Image Speaks

When I last visited the studio the large painting was finished. As the uppermost layer of many layers, the grid had been drawn across the whole surface. The painter declared the picture finished. But what does it mean to say a painting is finished, brought to a close? Maybe it is finished at the moment when enough meaning has been established for it to makes sense in itself. And maybe a painting comes full circle when the painter finishes it: as much as there is no telling when the painting begins there is no telling when it it is finished.[7] This is not when the painter puts down his brush. Actually, the painting begins only now, when it addresses the beholder and talks to him.

The speaking picture is the subject of another small-format painting from the same phase. We see a bird, a budgerigar, painted with light colours and hardly set off from the background. There is one thing above all that is striking: 'speak' it says on the left of the bird, and we cannot help but ask ourselves to whom this may be adressed. The bird? Or the beholder,

Le Miracle, 2009, 60 × 50 cm, Oel auf Leinwand

ausgeschaut. Es «sagt» mehr. Denn wer verbürgt, dass mit dem Titel das Sujet des Bildes und nicht das Bild selbst gemeint ist? Dann wäre das Bild selbst so etwas wie eine Immobilie, im übertragenen Sinn ein Wert, den der Künstler setzt – und den Wert der Kunst damit mit einer gewissen Hinterlist ironisiert.

Gefallen gefällig?

Bildwerdung und -findung also gehen weiter. Der Rezipient wird zum Produzenten. Diese allgemeine Aussage gilt bei Kotscha Reist in einem besonderen Masse – weil er gerade in der Wahl scheinbar alltäglicher Sujets – Vogelhäuschen, Vögel, Zweige, Einfamilienhäuschen, Häuserblöcke – eine Rätselhaftigkeit schafft, die ins Unerklärliche oder gar ins Unheimliche gleiten kann. Es ist ein Schwebezustand, der durch die Art der Malerei, durch deren Leichtigkeit und Transparenz noch potenziert wird. Wie die Sichtbarkeit häufig auf der Kippe zum Verschwinden ist, wie der Maler nicht alles ausmalt, häufig auch Wichtiges nur andeutet und wie diese Malerei geradezu, wie bereits beschrieben, in Leerstellen und blinde Flecken mündet, so entgleitet der fassbare, der benennbare, der begreifbare und damit der reduzierte Sinn.

asking him: talk about me, the painted? Is the painting talking to the beholder? Because they are easy to read, because they 'speak' in contrast to the 'silent' paintings, these signs – although also painted – automatically but wrongly acquire more meaning. This is language's priority over painting.

This also applies to the titles. They play an important role in Reist's work. Only rarely does he name his paintings 'without title' (which, to be true, is also a title).[8] The painting whose development I was able to observe is called *Real Estate*. As the painting was created in the first half of 2009, that is, shortly before the onset of the big economic crisis, it seems obvious to draw a direct link between the painted property and current affairs, the US real estate bubble preceding the big financial crises in 2008.[9] This would be very one-dimensional, however, ignoring much of the painting's relationships to language. It 'says' more. Who could vouch for the title referring to the subject of the painting and not the painting itself? In which case the painting itself would be something like real estate, figuratively speaking, a value determined by the artist, who thus ironically comments on the value of art.

Please, or Be Pleased?

So, there is more to the process of image creation. The recipient becomes also producer. This general statement applies especially to Kotscha Reist's work in his choice of apparently everyday subjects – aviary, birds, branches, houses, detached houses, blocks of houses – he creates a sense of mystery that borders on the inexplicable or even uncanny. It is a state of uncertainty reinforced by the manner of painting, by its lightness and transparency. Just as visibility often teeters on the brink of disappearance, as important things are often only hinted at and the paintings seem to end in empty spaces and blind spots, so graspable, nameable, comprehensible and thus reduced meaning eludes us.

What then does the painting 'say'? This question becomes virulent again and again. It is not the fact that we fail to see something we are supposed to see which makes us wonder about

Was also «sagt» das Bild? Diese Frage wird hier immer wieder virulent. Nicht dass man nicht sehen würde, was zu sehen wäre, führt zur Frage nach dem «Sagen» des Bildes. Gewiss, das Bild «sagt» nichts, aber es verbirgt ja auch nichts – «doch es ‹bedeutet› mir etwas, es gibt mir etwas zu verstehen, das nicht nur es betrifft, sondern vor allem mich», so wiederum Wohlfart. «Es spricht mich an, dergestalt, dass es einen Anspruch stellt; es ‹gefällt› nicht einfach, sondern es ist, als müssten wir uns etwas von ihm ‹gefallen› lassen.»[10]

So wie Kotscha Reist versucht, durch seine Bildfindungen Erinnerungen und Wirklichkeiten sehend zu verstehen, so wie er in seinen Bildern nachdenkt über die Dinge, die ihn beschäftigen, so müssen wir als Betrachter, mit Irritationen rechnend, dieses sehende Nachdenken nach-denken. Und nach-sehen.

what the painting says. Certainly, the painting does not really say anything, but it does not hide anything either – "but it means something to me, it makes me understand something not only about the painting but, above all, myself", to quote Wohlfart again. "it appeals to me in such a way that it wants something from me; it does not simply please; it seems that we also have to put up with it".[10]

Just as Kotscha Reist tries to comprehend memories and realities and to reflect on the things preoccupying him through his paintings, we, the beholders, have to reflect on these visual reflections, always expecting to be irritated by them.

1 Die Reportage dieser Bildentwicklung des Gemäldes *Real Estate* erschien vom Januar bis März 2009 in sechs Folgen in der Berner Tageszeitung *Der Bund*. Elemente daraus sind in diesen Essay eingeflossen.
2 Günter Wohlfart, «Das Schweigen des Bildes»; in: Gottfried Boehm (Hrsg.), *Was ist ein Bild?*, München 1994, S. 174–175.
3 Das wird in den Aquarellen und Zeichnungen besonders deutlich sichtbar, wo Reist ein Minimum an Gesten genügt, um ein Motiv vor Augen zu führen – und es sogleich wieder unfassbar werden zu lassen.
4 «Das Schweigen des Bildes» (wie Anm. 2), S. 179. Wohlfart vermerkt hier die etymologische Herkunft des Adjektivs «leer» vom «abgelesenen» Feld.
5 Rosalind E. Krauss, «Raster», in: Rosalind E. Krauss, *Die Originalität der Avantgarde und andere Mythen der Moderne*, Amsterdam/Dresden 2000, S. 51. Im Gemälde *Der geometrische Blick* (2003) bereits spielte Reist die Rasterung in Form von streng rechteckigen, schwarzen «Auslassungen» oder «Löchern» im Bild durch.
6 Bei Skool beispielsweise scheint es, als ob zwei Bilder übereinander gelegt wären. Oder als ob man durch eine mit einem Bild bemalte Scheibe auf ein weiteres Bild schauen würde. Bewusst unklar gelassen ist, was vorne und was hinten ist.
7 Zum Beenden gibt es die geradezu mythische Novelle von Honoré de Balzac, *Das ungekannte Meisterwerk*. Erzählt wird, wie der Maler Frenhofer wie besessen während zehn Jahren an einem Gemälde arbeitet. Als er es schliesslich zwei jüngeren Malern zeigt, sehen diese nur ein Wirrwarr von Linien, während der Künstler behauptet, leibhaftig eine Frau gemalt zu haben: «Es ist keine Leinwand, es ist eine Frau», ruft Frenhofer aus.
8 Vgl. dazu: Michel Butor, *Die Wörter in der Malerei*, Frankfurt am Main 1992.
9 In der gleichen Zeit entstand das Gemälde *Bad Banker*.
10 «Das Schweigen des Bildes» (wie Anm. 2), S. 173–174.

1 A six-part feature documenting the creation of the painting *Real Estate* appeared in the Bernese newspaper *Der Bund* from January to March 2009 and influenced parts of this essay.
2 Günter Wohlfart, 'Das Schweigen des Bildes', in: Gottfried Boehm (ed.), *Was ist ein Bild?*, München 1994, pp. 174–175.
3 This becomes particularly clear in the drawings and water colours, where a few gestures suffice to conjure up a motif – only to make it fade away again.
4 'Das Schweigen des Bildes' (note 2), p. 179. Wohlfart here also reflects on the etymological derivation of the adjective 'empty' from 'harvested' field.
5 Rosalind E. Krauss, 'Grids', in: Rosalind E. Krauss, *The Originality of the Avant-Garde and Other Modernist Myths*, Cambridge, Mass. 1986, p. 9. Reist had experimented with the grid in the form of strictly rectangular, black voids or wholes already in his painting *Der geometrische Blick* (2003).
6 *Skool* for example seems to consist of two images on top of each other. Or as if one was looking through a painted panel at another painting. The uncertainty as to foreground and background is consciously chosen.
7 To conclude, there is the almost mythic novel *The Unfinished Masterpiece* by Honoré de Balzac. It is the story of the painter Frenhofer who, obsessed, spends ten years on a painting. When he finally shows it to two younger painters they see nothing but a confusion of lines. Frenhöfer insists on having created a real women: "It is not a canvas, it is a woman."
8 Compare: Michel Butor, *Die Wörter in der Malerei*, Frankfurt am Main 1992.
9 The painting *Bad Banker* was created at the same time.
10 'Das Schweigen des Bildes' (note 2), pp. 173–174.

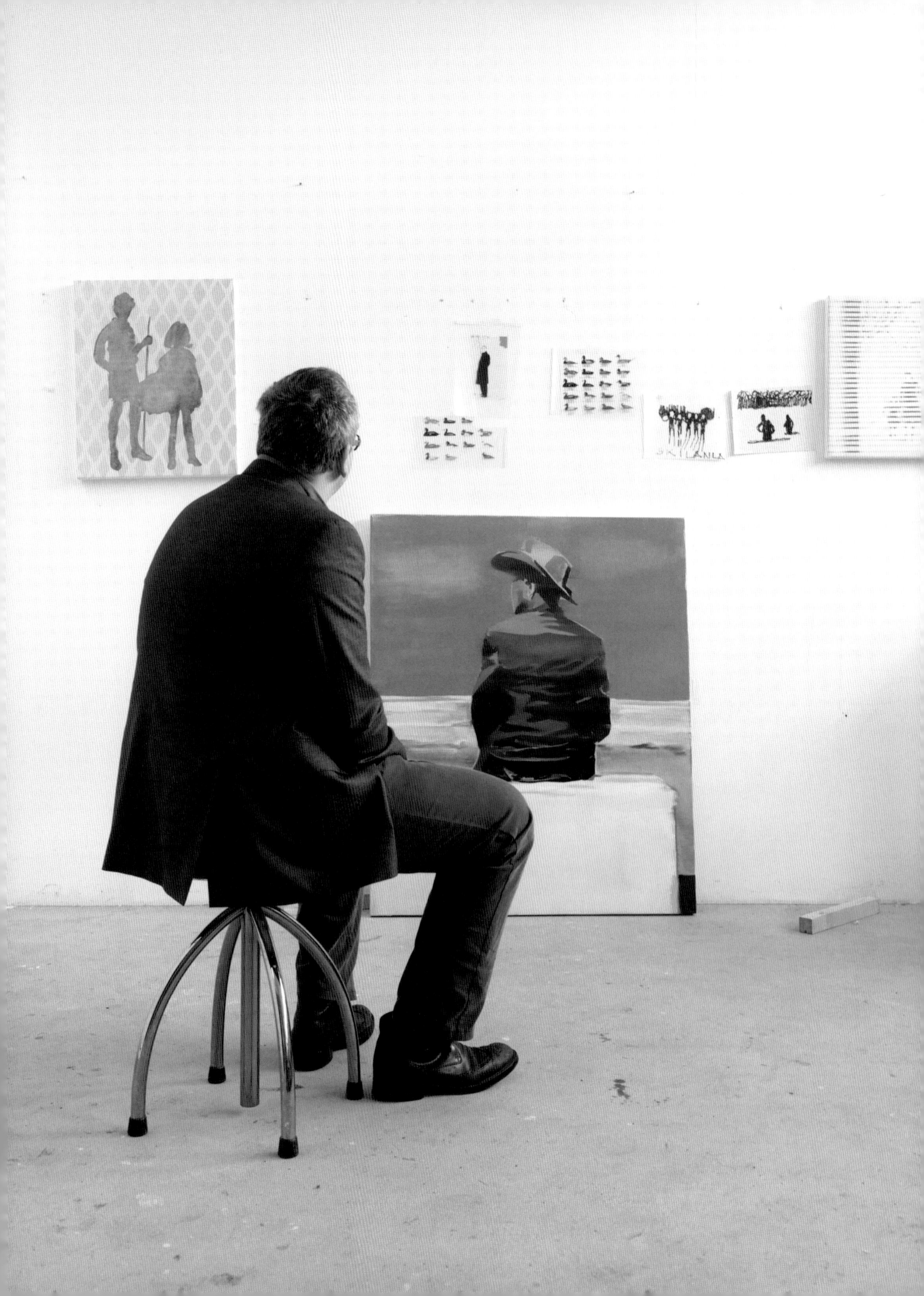

Black Villa
Bird Houses
Logies
Monkey
Night Birds

Modell Kirche
Black Bird Seven
Mise en bouteille
Catrat
Close up
Tent

Floating House
Bird House
Steps on Stage
Man on his Best

Das Versprechen in Ligurien
Monkey II
Halloween
Vitrine II
Behausung 203
Swiss Hero
Anonymus
Spazierfahrt

Twiggy
Le balcon
Freundinnen

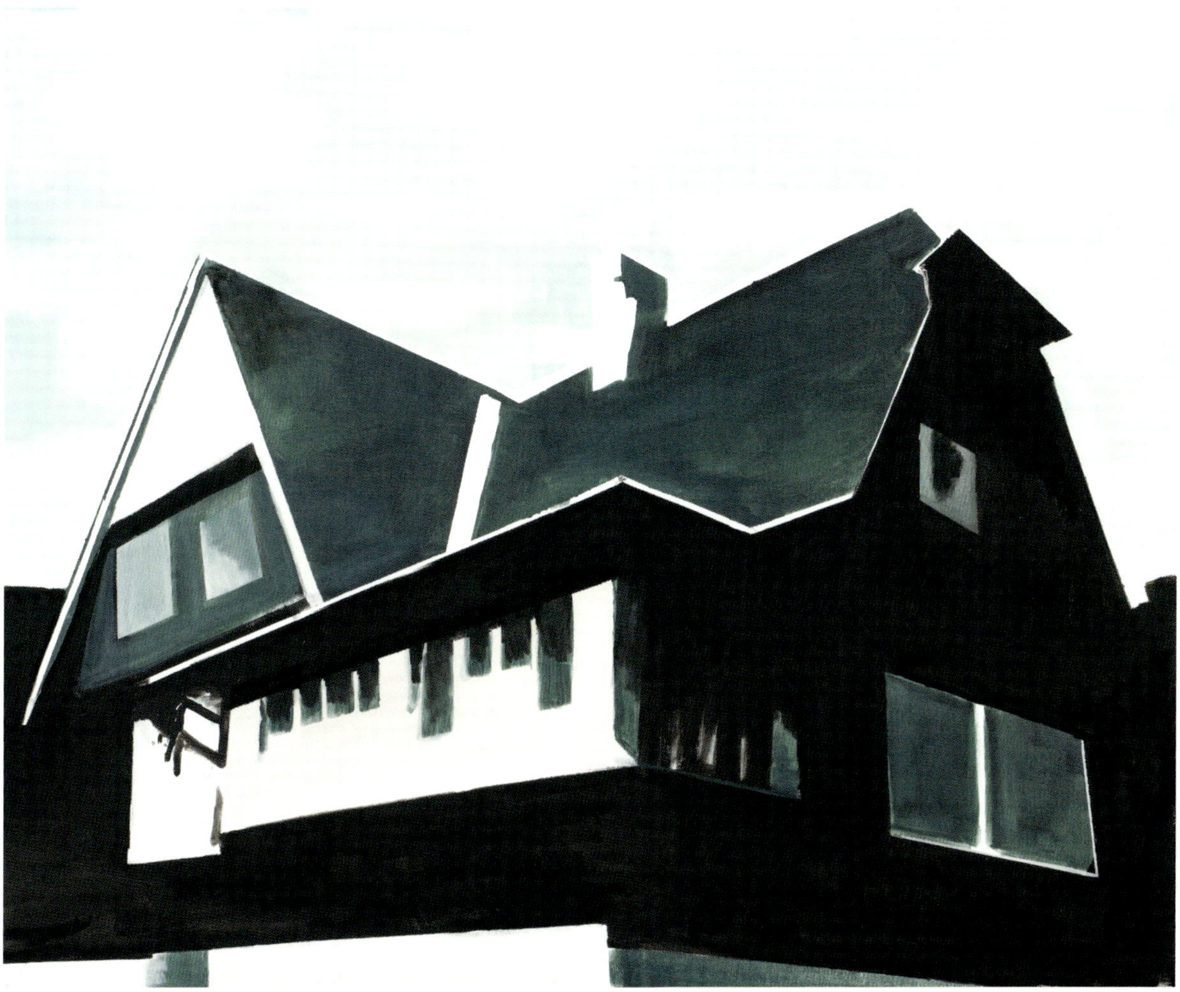

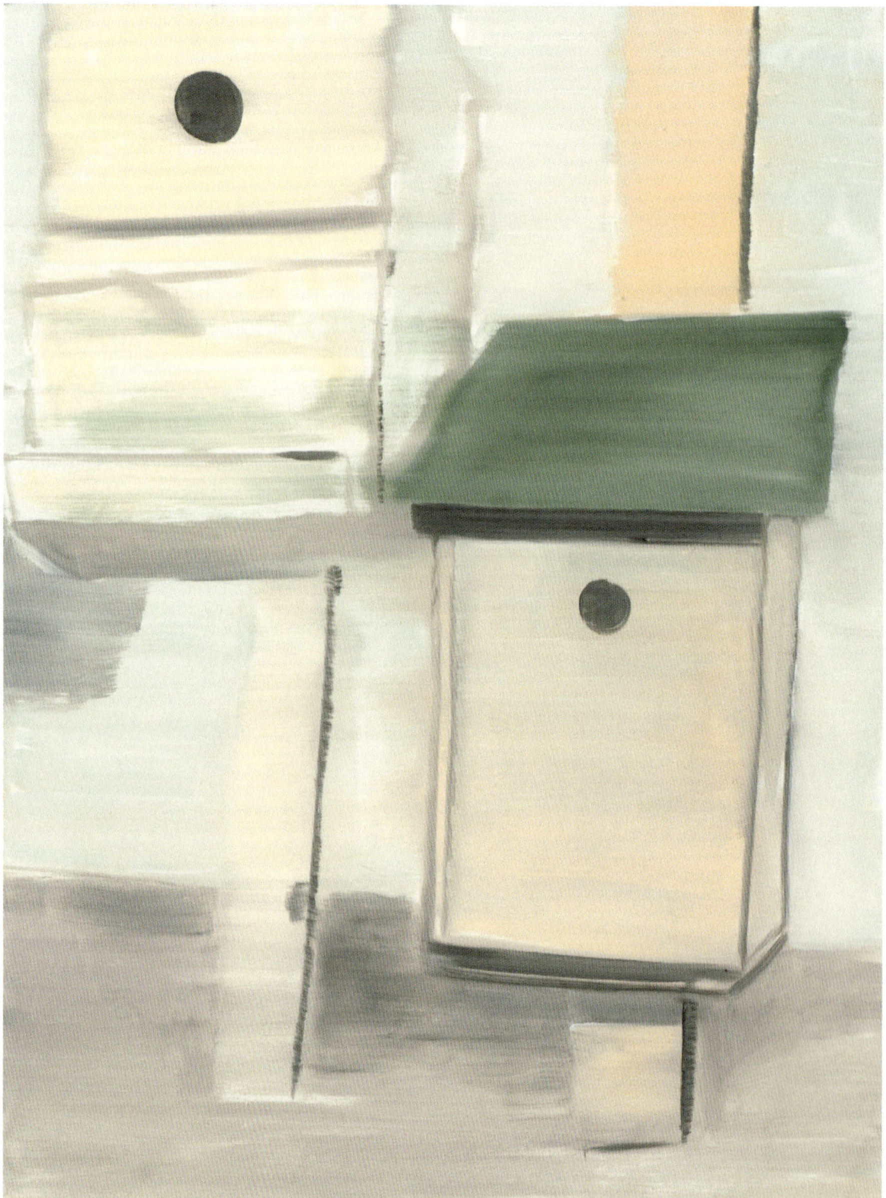

103

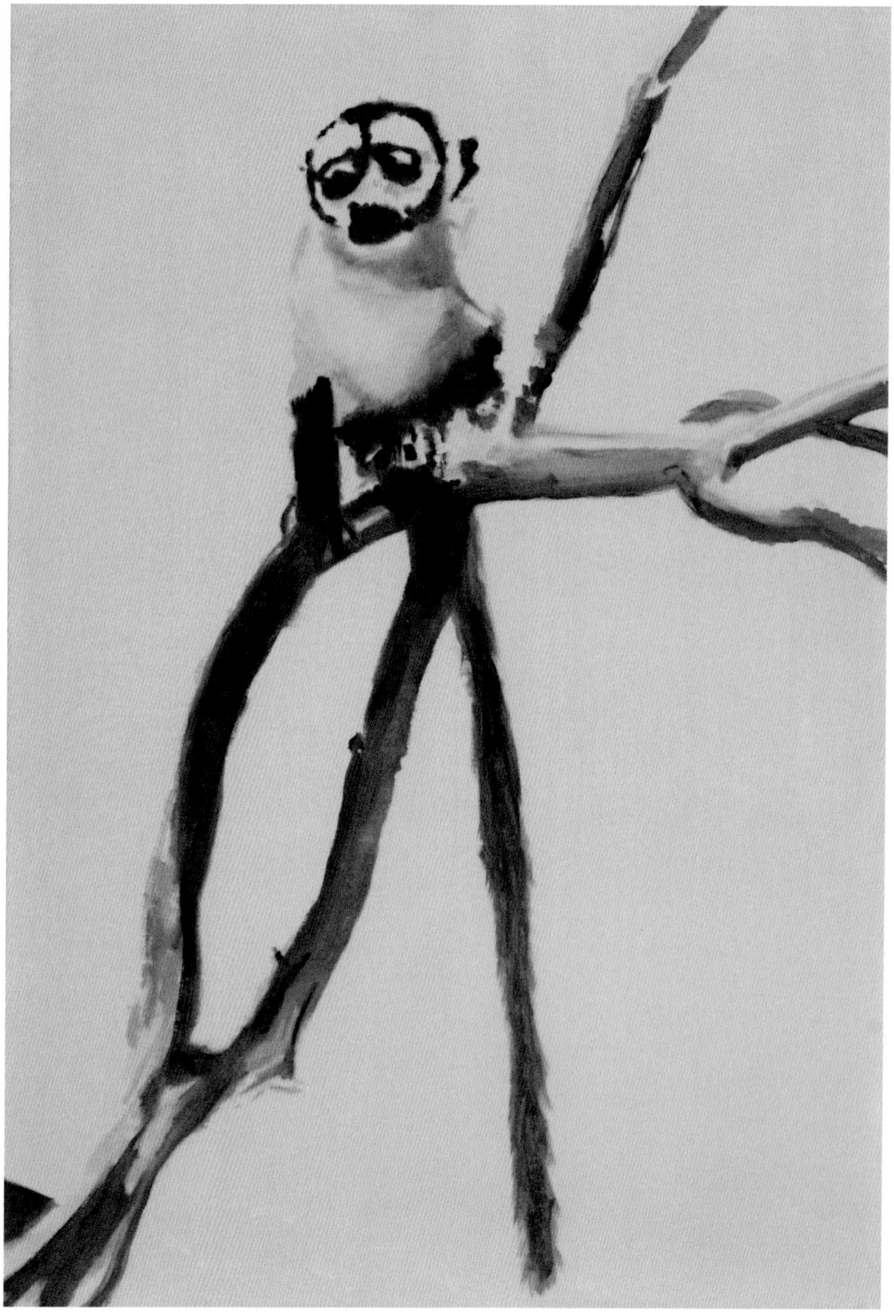

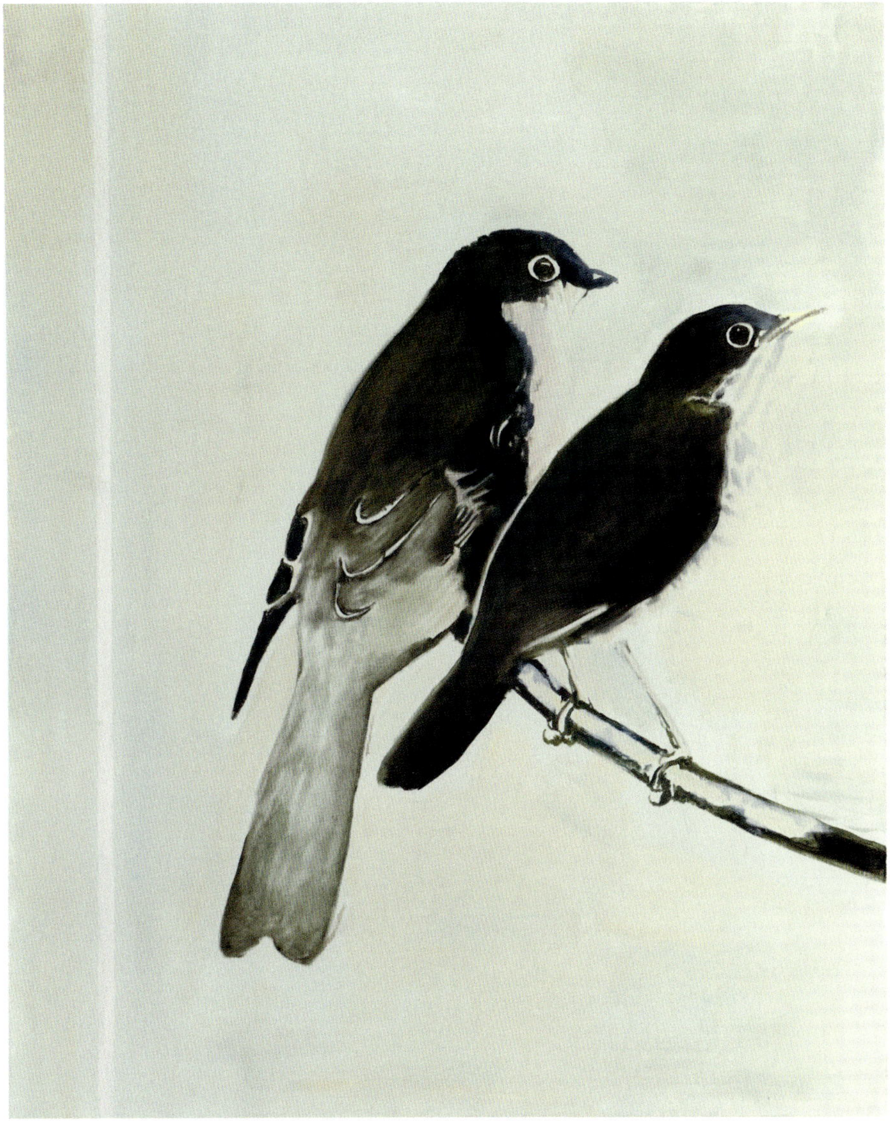

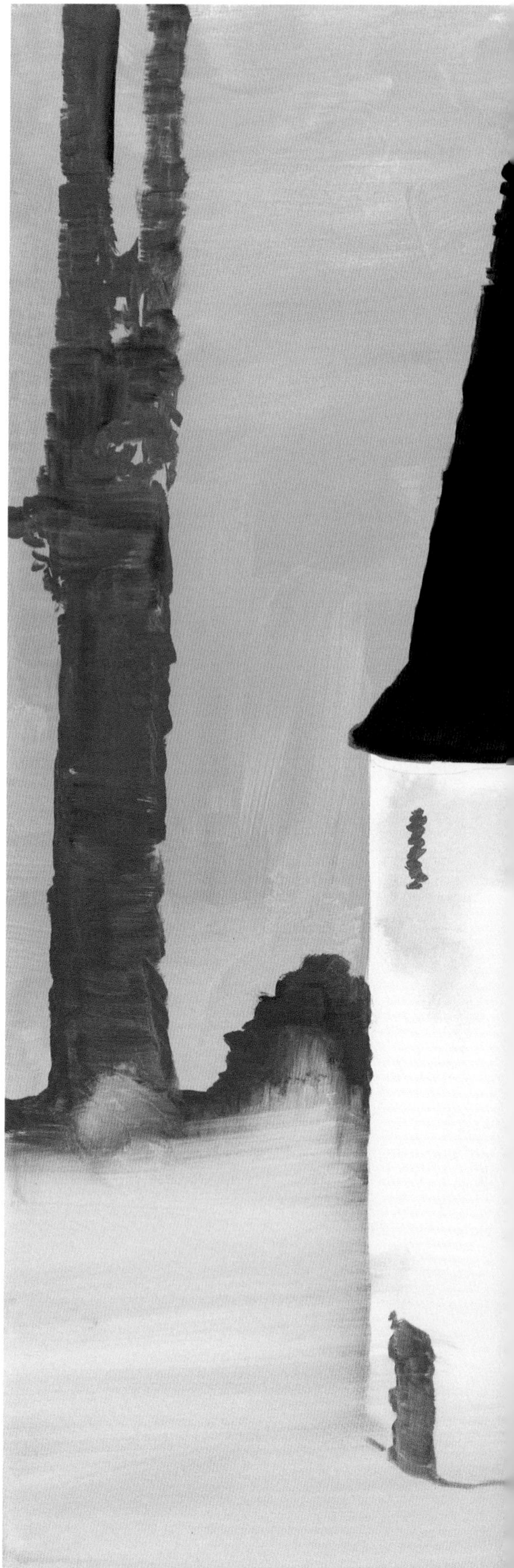

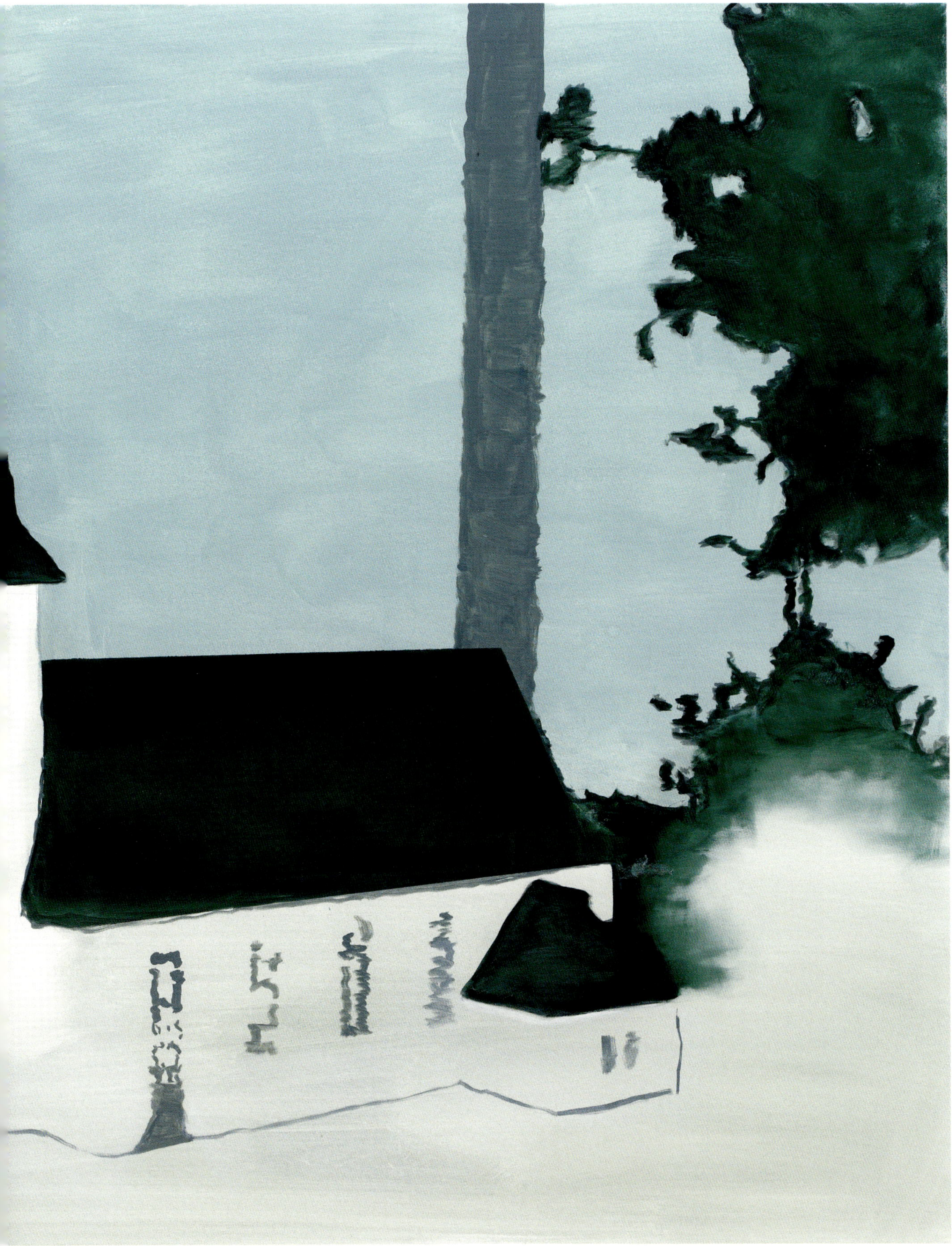

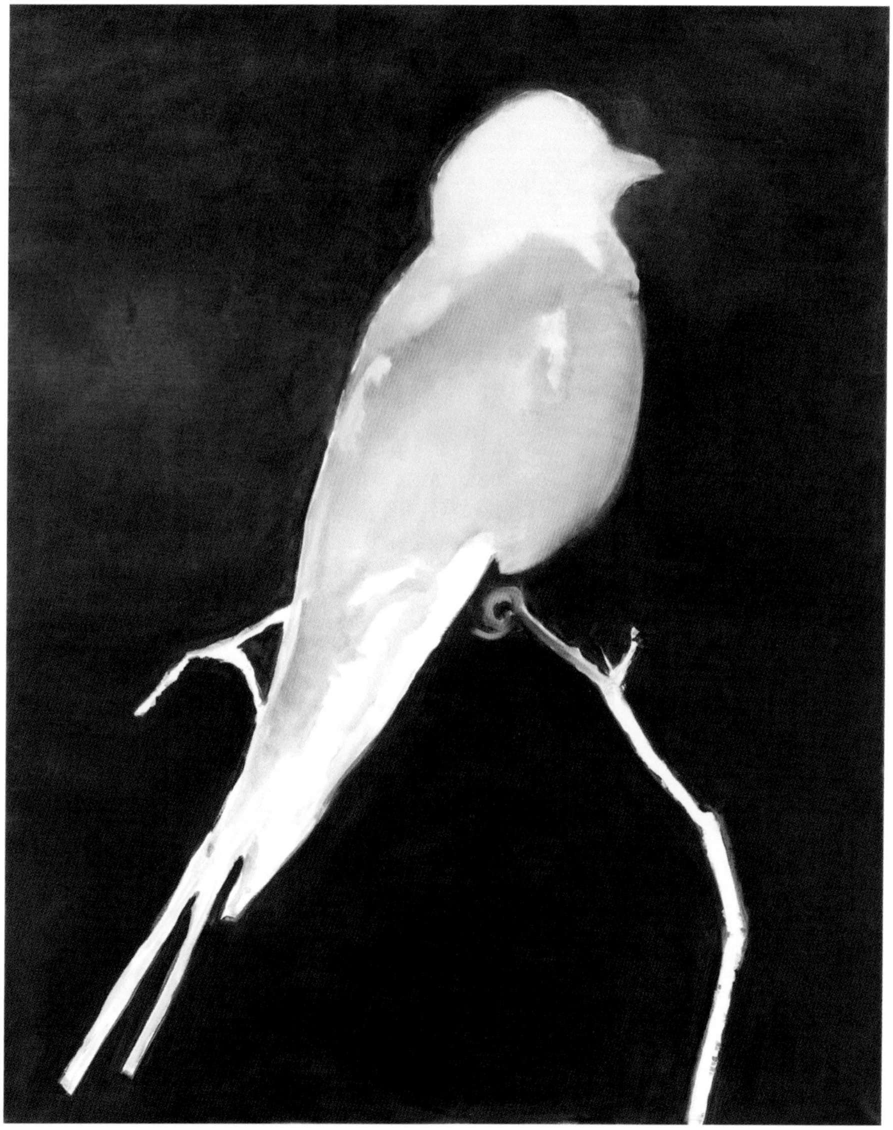

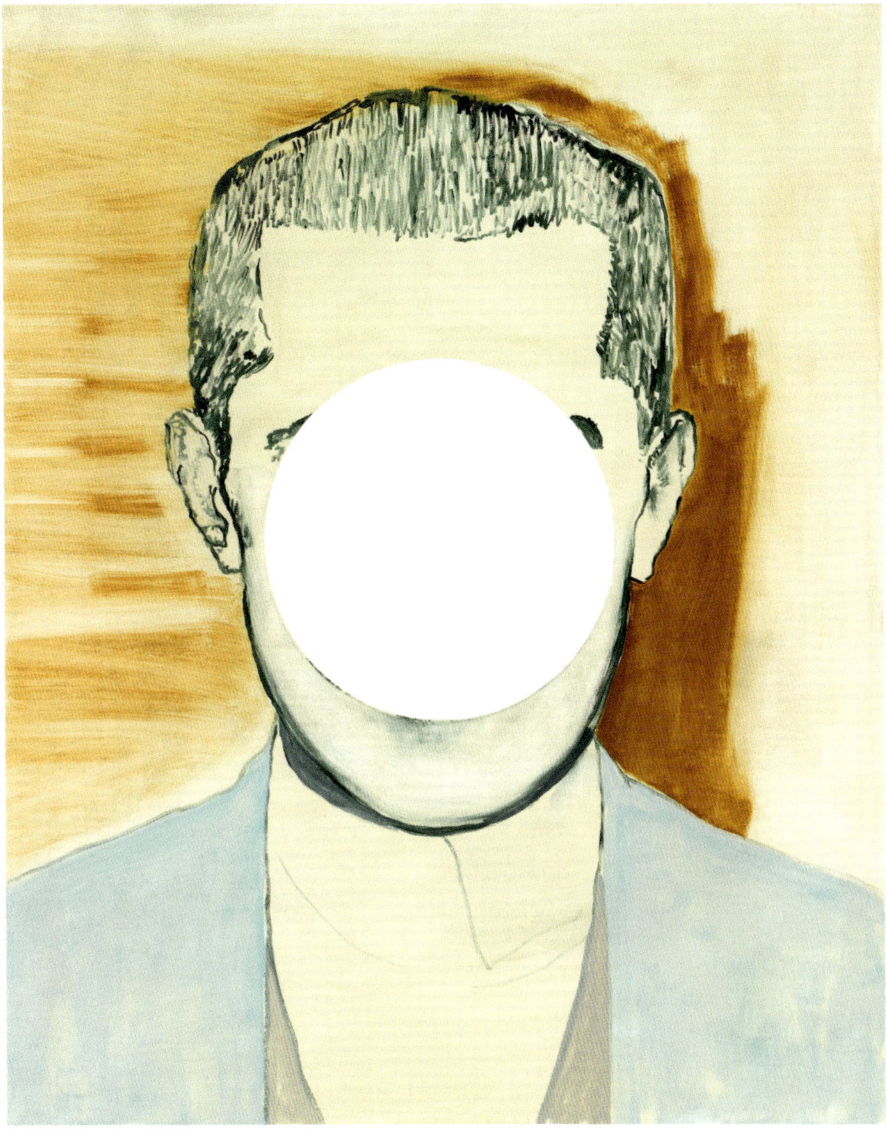

110

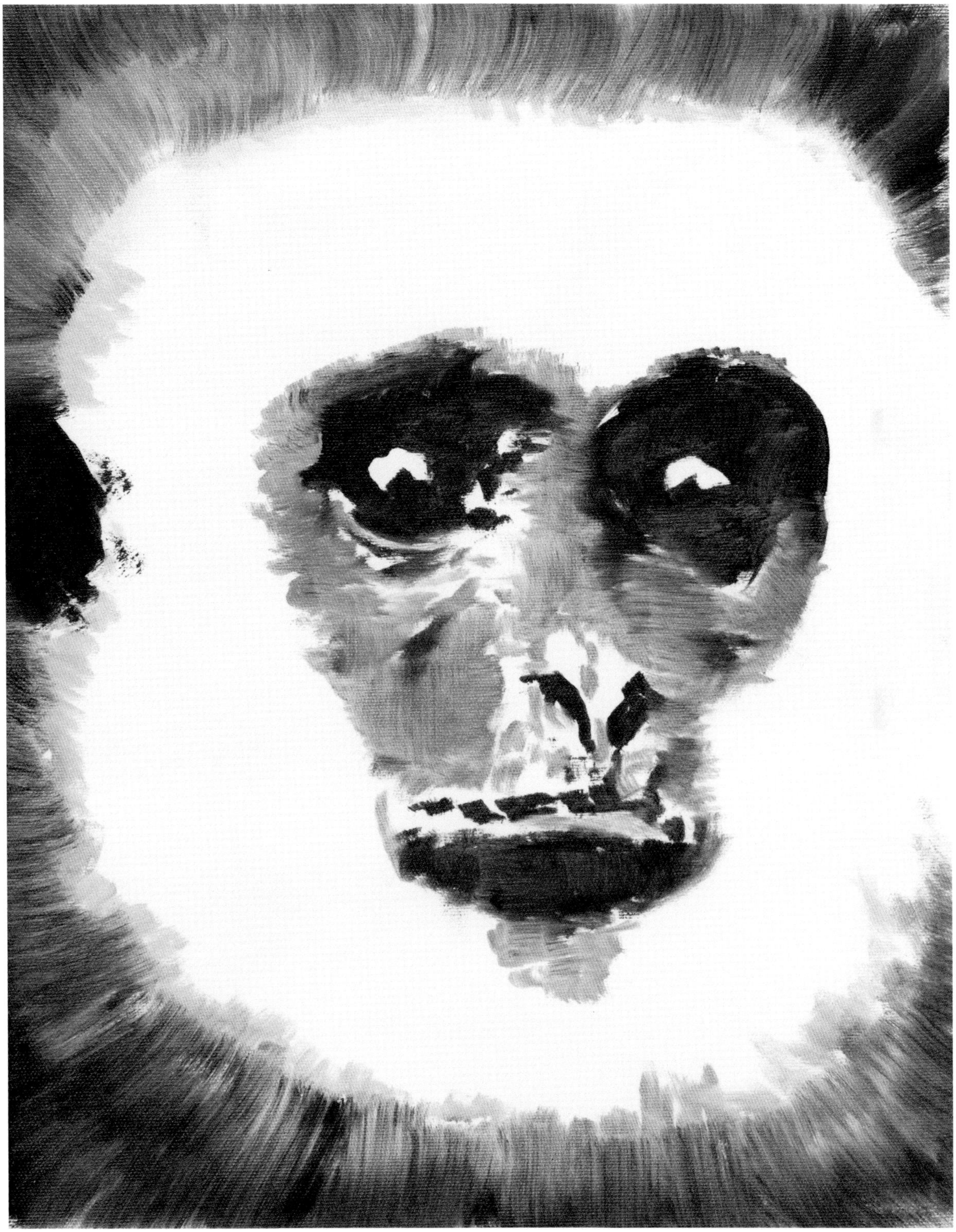

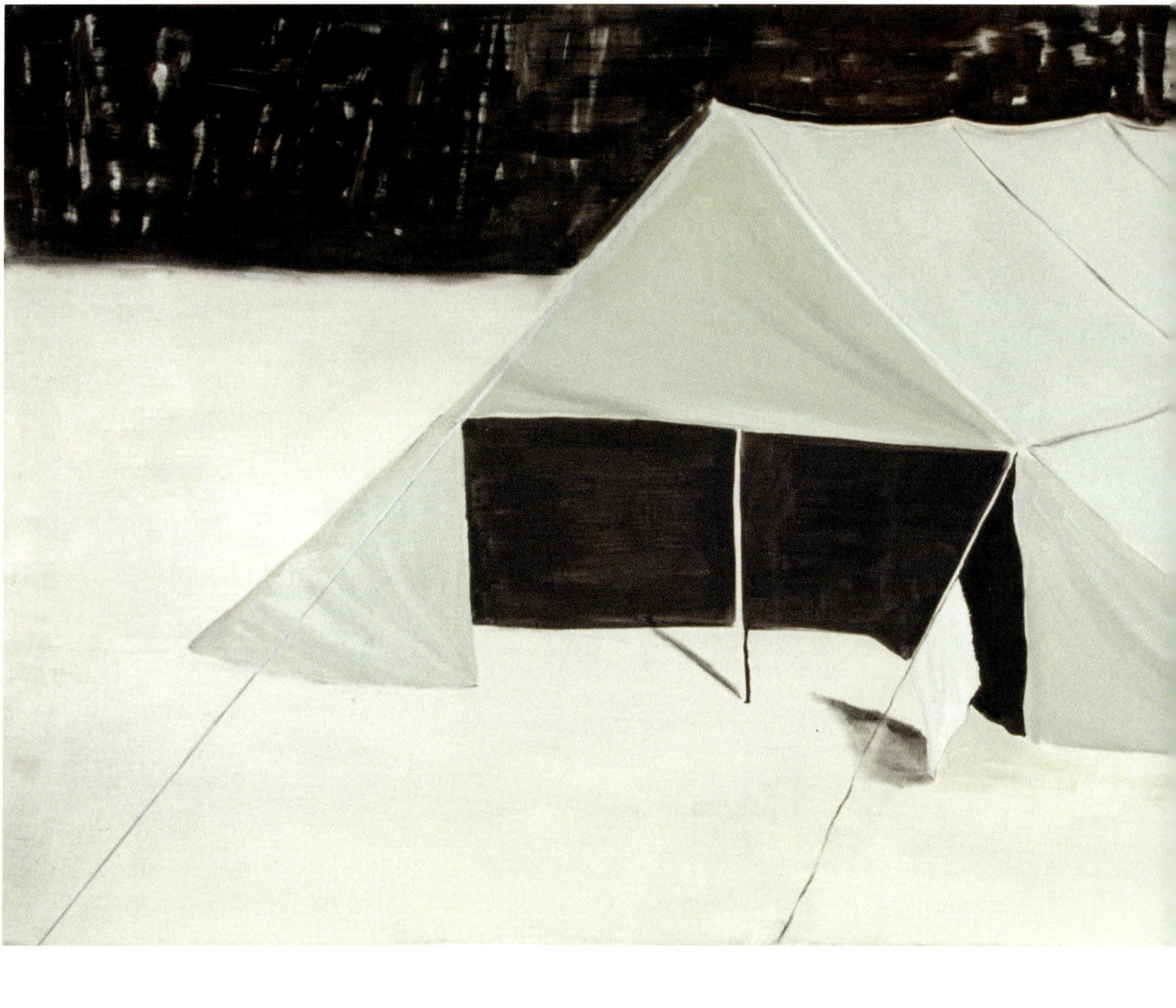

113

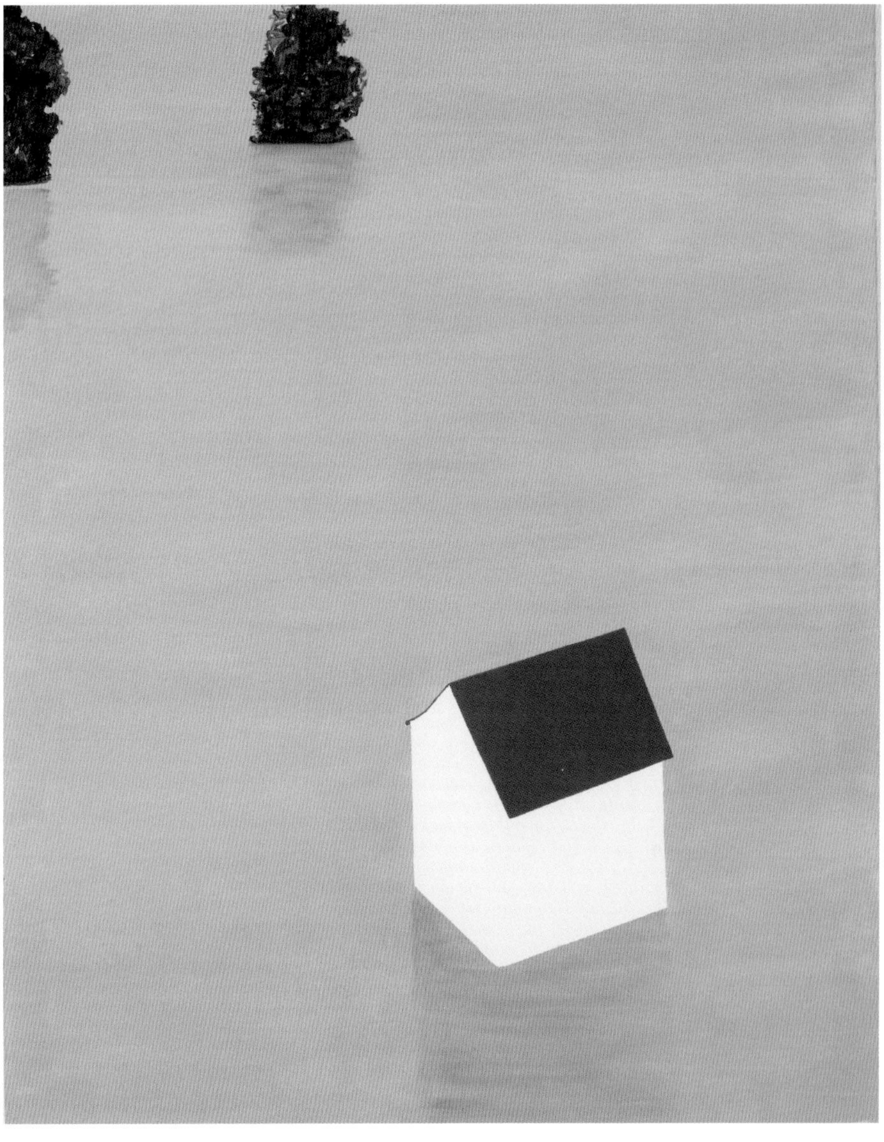

115

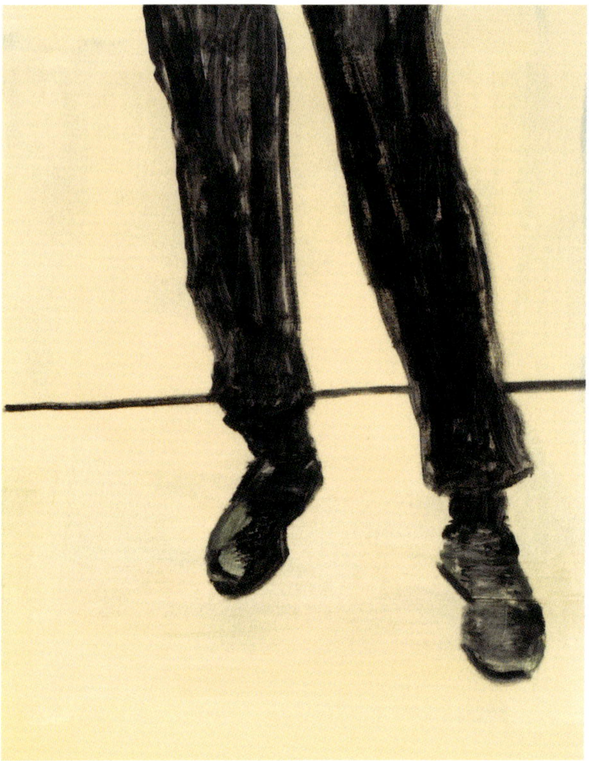

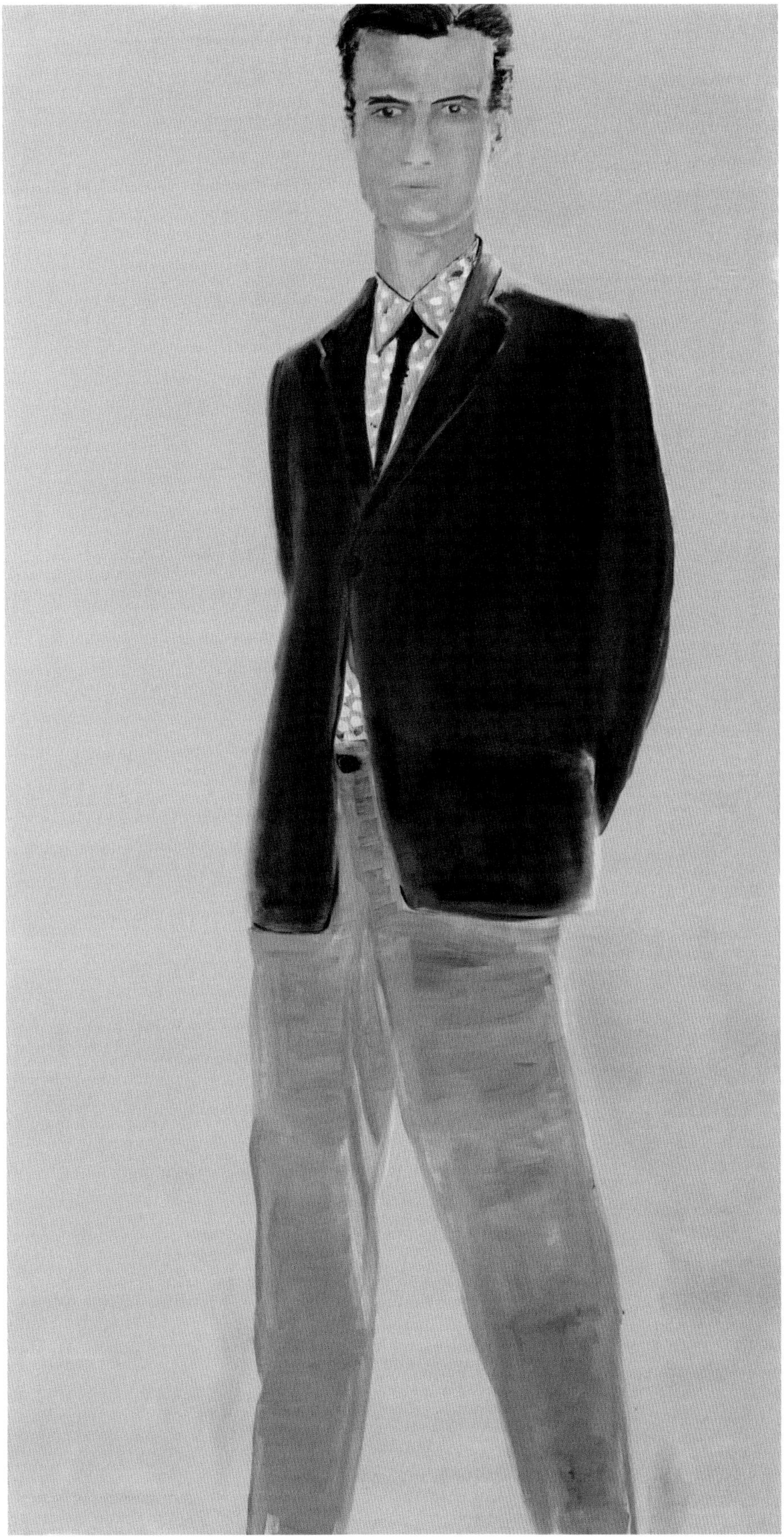

119

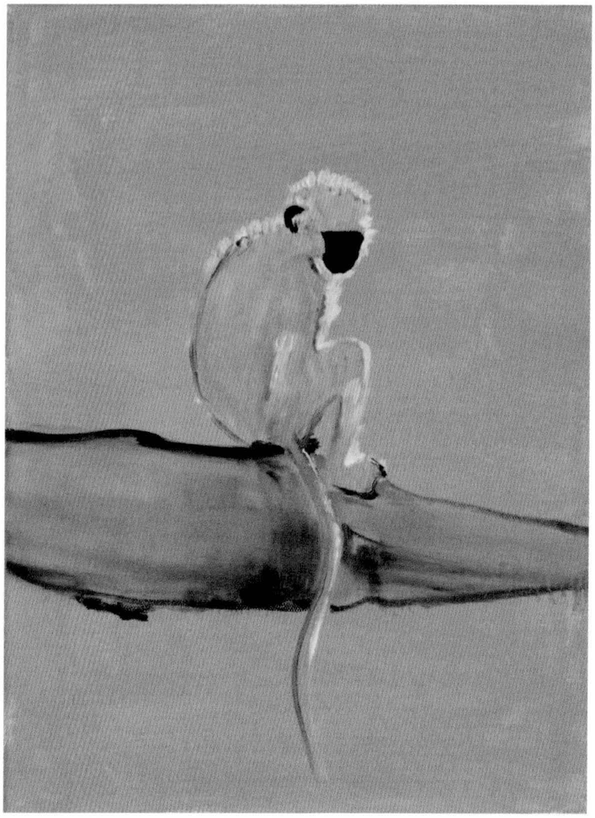

121

122

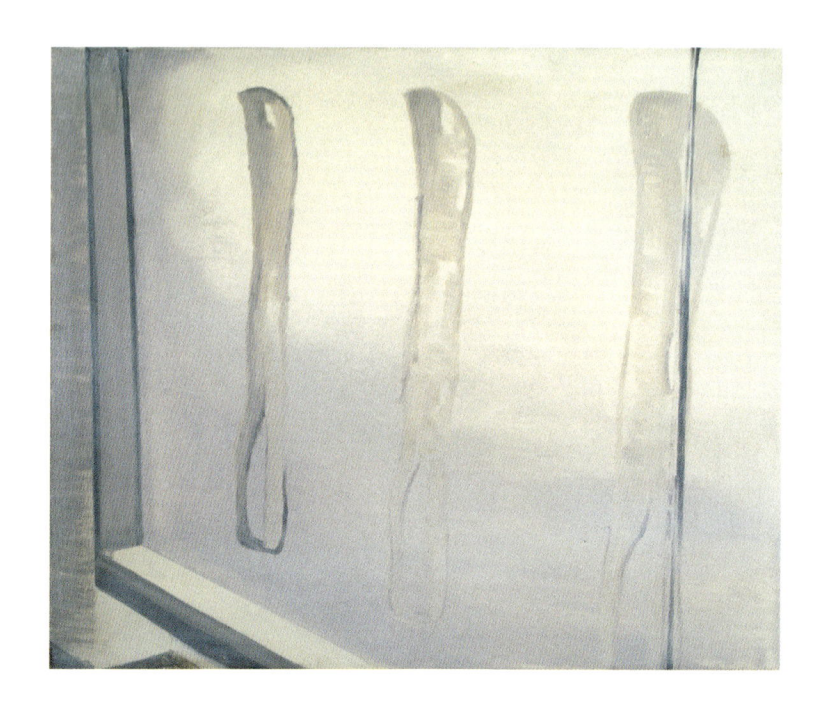

203

125

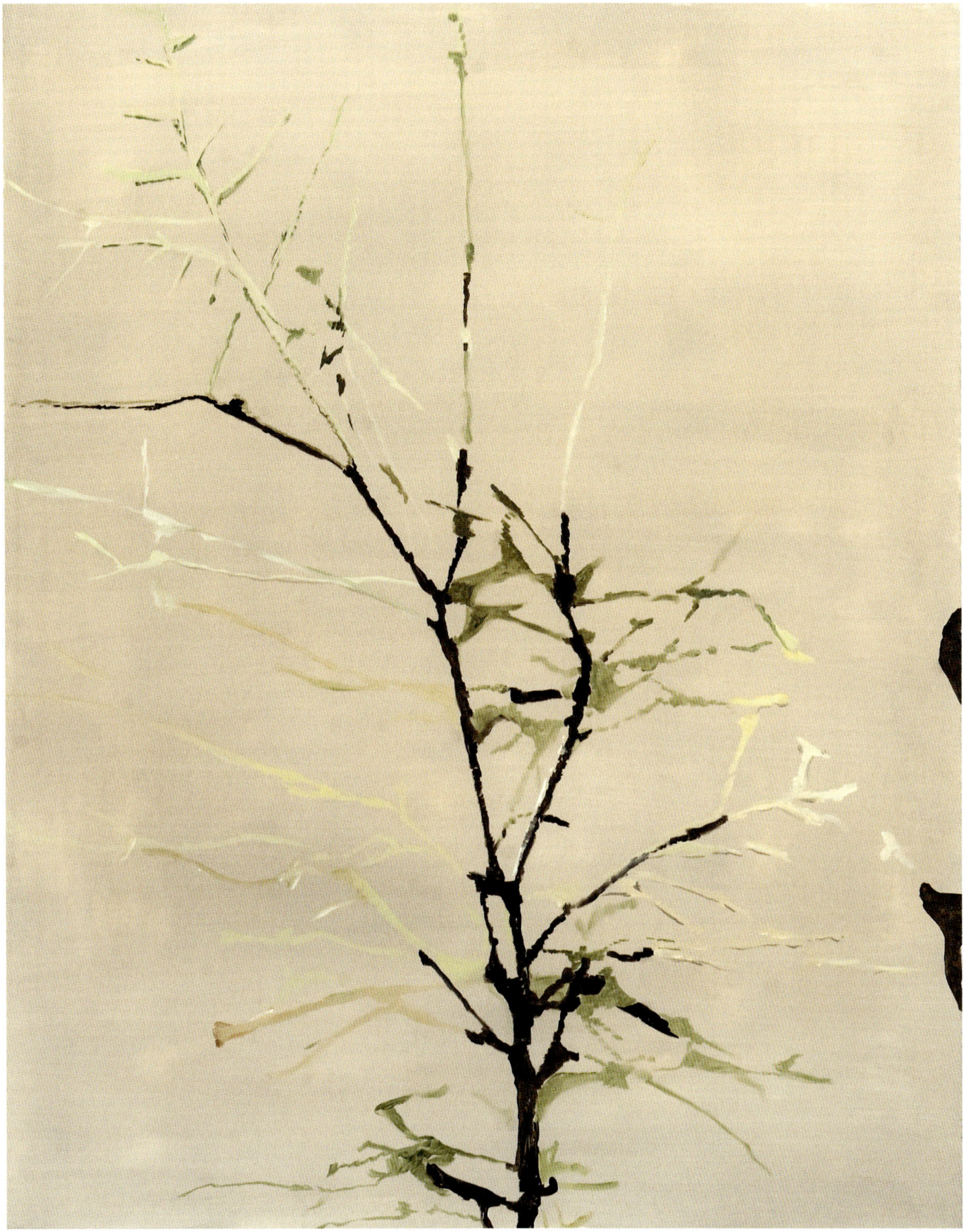

130

Kathleen Bühler

Erinnerungsmalerei zwischen Geschichte und Geschichten
Memory Painting between History and Narration

«Die Erinnerung ist die Gegenwart von Vergangenem.» Paul Ricoeur 1996

Unter dem Titel *Echoes*[1] dokumentiert die vorliegende Publikation ausgewählte Werke von Kotscha Reist (geb. 1963), die ab 2003 entstanden sind. Zugleich ist das Echo ein Leitbegriff, der die Malerei des Künstlers treffend charakterisiert.[2] Schon seit Anbeginn seines künstlerischen Schaffens anfangs der neunziger Jahre pflegt Kotscha Reist eine Malerei, die als Echo auf persönliche Erinnerungen sowie auf die Kunst- und Zeitgeschichte entsteht. Der visuelle Widerhall zeigt sich einerseits an der Wahl der Motive, die aus Publikationen aller Art sowie aus dem Fundus privaten Fotomaterials stammen. Andererseits evoziert die vielschichtige Malweise mit verbleichenden Farben und gebrochenen Tönen, die manchmal durch lasierte Oberflächen zusätzlich getrübt werden, die Wirkungsweise eines Echos: Etwas dringt ans Ohr bzw. ans Auge, ist nicht in allen Details erkennbar und bildet ein lückenhaftes Gewebe von sich gegenseitig durchdringenden Stimmen. Als akustisches Phänomen steht das Echo in der Musik für den Umgang mit der Wiederholung und dem Abändern von bekannten Melodiefragmenten. Es kann metaphorisch jedoch auch als Strukturvorbild für das Wiederauftauchen vergessener oder sogar verdrängter Erinnerungen dienen.[3]

"Memory is the present of the past."
Paul Ricoeur, 1996

Echoes[1] is the title of the present publication documenting selected works by Kotscha Reist (born 1963) created between 2003 and now. 'Echo' is at the same time a guiding principle that adequately characterises the artist's paintings.[2] From the very outset of his artistic career at the beginning of the 1990s, Reist has been practising a method of painting that is an echo not only of his personal memories but of art history and contemporary history. These visual reverberations manifest themselves on the one hand in his motifs, which he takes from all sorts of publications and from his collection of private photographs. On the other hand, the effect of on an echo is also evoked by the artist's way of applying multiple layers of fading colours and muted tones: something penetrates the eye or ear, respectively, without being recognisable in all its details and creates a patchy fabric of mutually penetrating voices. In music the acoustic phenomenon of the echo stands for the treatment of repetition and the alteration of well-known melody fragments. On a metaphorical level, however, it can serve as the structural model for the surfacing of forgotten or even suppressed memories.[3]

Nachbilder

Das visuelle Echo äussert sich in Form des Nachbildes. Ein Nachbild ist das, was von einem optischen Eindruck auf der Netzhaut als Nachwirkung des Reizmusters zurückbleibt.[4] Diese wahrnehmungsphysiologische Beschreibung lässt sich symbolisch ebenfalls auf den Umgang mit Erinnerungen übertragen: Ein Nachbild ist das, was sich als besonders erinnerungswürdig oder einprägsam erweist. So sind sowohl das akustische Phänomen des Echos wie das visuelle des Nachbildes mit Erinnerung verbunden. Sie verorten Kotscha Reists Werke im vitalen Feld der «Erinnerungsmalerei», einer Tendenz der Nachkriegsmalerei, die sich beispielsweise im Schaffen von Luc Tuymans (geb. 1958), Peter Doig (geb. 1959) und Wilhelm Sasnal (geb. 1972) beobachten lässt und im Sog der Fotobilder – der nach fotografischen Vorlagen gemalten Gemälde – von Gerhard Richter und Andy Warhol entstanden ist.[5]

«Erinnerungsmalerei» ist kein offizieller kunsthistorischer Begriff für eine Gruppe von Künstlern, sondern eine Umschreibung für starke Ähnlichkeiten und Gemeinsamkeiten im Schaffen dieser gegenständlichen Maler. Sie alle zeigen ein grosses Interesse an der Verarbeitung bestehenden Bildmaterials und verwenden Vorlagen aus dem kulturellen Bildergedächtnis. Darin kommt zum einen eine Bewältigung des Einflusses neuer Medien wie Fotografie und Film auf die Malerei zum Ausdruck, und zum

After-images

The visual echo is expressed in the form of after-images. An after-image is the after-effect of an optical stimulus on the retina.[4] This description from the physiology of perception can be transferred on a symbolical level to the way we deal with memories. An after-image is what proves to be especially worthy of remembering or what is particularly memorable. That is why the acoustic phenomenon of the echo and the visual phenomenon of the after-image are both associated with memory. They locate Reist's work in the vital field of 'memory painting', a trend in postwar painting that, in the wake of Gerhard Richter's and Andy Warhol's paintings after photographs, can for example be seen in the works of Luc Tuymans (born 1958), Peter Doig (born 1959) and Wilhelm Sasnal (born 1972).[5]

'Memory painting' is no official art historical term for a group of artists but describes common ground and strong similarities in the work of these figurative painters. They all share a great interest in the artistic processing of existing images from our cultural pictorial memory, which is their way of addressing the influence of new media such as photography and film on painting, as well as dealing with everyday and historical icons. Not unlike Gerhard

Mutter, 2009, 30 × 40 cm, Oel auf Leinwand
Behausung 203, 2004, 24 × 30 cm, Oel auf Leinwand

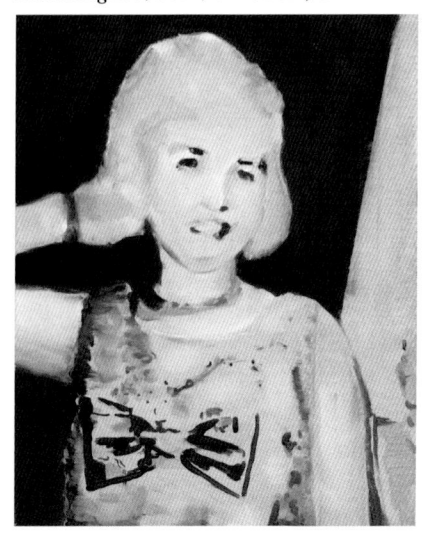

anderen geht es um die konzentrierte inhaltliche Verarbeitung von Ikonen des Alltags und der Zeitgeschichte. So wie Gerhard Richter mit seinen nach Fotografien von erschossenen Terroristen gemalten Historienbildern[6] erwirkt beispielsweise auch Luc Tuymans mit seinen Gemälden nach Fotografien des Holocausts und der belgischen Kolonialgeschichte eine Resonanz auf das Verdrängte und Unheimliche jüngster Zeitgeschichte.[7] Mit ihren ästhetischen Strategien ermöglichen die «Erinnerungsmaler» eine subjektive und psychologische Deutung des Geschehens und fügen der etablierten Sicht auf gewisse historische Ereignisse neue Aspekte hinzu.

Zu diesen Strategien gehört die kühle Atmosphäre, die in ihren Gemälden herrscht und je nach Lesart entweder eine emotionale bzw. historische Distanz zum Ereignis nahelegt oder latente Feindseligkeit signalisiert. Ihre Motive sind meistens in sachlichem Stil gemalt. Dennoch verweigern sie die banale Dokumentation, indem der gewählte Bildausschnitt oder der Blickpunkt eine Identifikation des Gegenstandes erschweren. Die Maler konzentrieren sich mit Vorliebe auf Nebensächlichkeiten in einem Gesamtzusammenhang und blasen diese zum Hauptgegenstand des Bildes auf, wie wenn sie das Vorbild einer erneuten Spurenlese unterziehen würden. Die anspielungsreichen Werktitel geben kurze, rätselhafte Verweise und suggerieren eine fragmentarische Erzählung – eine Taktik, die die Bilder mit Bedeutung auflädt und sich selbst bei den Ausstellungstiteln beobachten lässt. «Malerei im Schwebezustand» oder «Malerei der gesuchten Latenz» sind treffende Umschreibungen dieser Methode, die gezielt kompositorische Mehrdeutigkeit schafft, um damit eine semantische Offenheit zu erzeugen, die stets neue Deutungen erfordert.[8]

Zeitgenössische Historienmalerei

Kotscha Reist verfolgt die Beschäftigung mit der jüngsten Zeitgeschichte in indirekter und verschlüsselter Weise. So zeigt *Behausung 203* eine Kapelle für amerikanische Soldaten während des Zweiten Golfkrieges. Die Gesichtslosigkeit des Einfamilienhauses, das für religiöse Zwecke umgewidmet wurde, erweckt den Anschein von Normalität und Bürgerlichkeit. Niemand sieht ihm die existenziellen Dramen an, die sich hinter der anonymen Fassade abspielen und lediglich eine Fussnote im Krieg gegen «den wachsenden globalen Terrorismus» hinzufügen. Genauso belanglos wie das Äussere ist auch der

Richter's history paintings after photographs of dead terrorists,[6] Luc Tuymans' paintings after photographs of the Holocaust and Belgian colonial history evoke a resonance of the suppressed and sinister in recent history.[7] With their aesthetic strategies the 'memory painters' enable a subjective and psychological interpretation of what happened and add new aspects to the established view of historical events.

The cool atmosphere dominating their paintings, which, depending on the interpretation, suggests either an emotional and historical distance towards the events or a latent hostility, is one of these strategies. Their motifs are mostly painted in a detached, matter-of-fact style. Nevertheless, image selection and point of view make it hard to identify the objects so that the pictures refuse to be banal documentations. The painters like to concentrate on the details in an overall context and blow them up so that they become the main subject of the painting, as if subjecting the original to renewed scrutiny. The allusive titles give short, enigmatic hints and suggest a fragmentary narration – a strategy that embues the paintings with meaning, and one which even applies to the exhibition titles. 'Painting in a state of uncertainty' or 'painting of deliberate latency' are accurate descriptions of a method that deliberately and consciously creates compositorial ambiguity to enable semantic openness, asking for ever new interpretations.[8]

Contemporary History Painting

Kotscha Reist analyses the most recent contemporary history in an indirect and coded way. *Behausung 203* for example shows a chapel for American soldiers during the second Gulf war. Converted to be used for religious purposes, it is a seemingly normal and middle-class detached family home without a history. Nobody can guess the existential dramas played out behind its anonymous exterior, dramas that are nothing more than a footnote in the war 'against growing global terrorism'. The painting's title – the number of the house – is as trivial as the house's exterior. This lack of identity, however, makes us think that the house could be anywhere, so that the Gulf war

Titel, der nur aus der Hausnummer besteht. Die fehlende Identität bewirkt aber auch, dass das Haus überall stehen könnte, und dass der Golfkrieg sowie die moralisch-ethischen Fragen, die er aufwirft, auf diese Weise unangenehm nahe rücken.

Einen ähnlich nachdenklich stimmenden Blick gewährt das Gemälde *Dead Bodybag*, das auf einer einen Artikel über Kollateralschäden im Gazastreifen illustrierenden Fotografie basiert. Auf dieser Zeitungsfotografie ist die Leiche eines versehentlich getöteten Kindes zu sehen, die in einem Leichensack in einem kahlen Krankenhauszimmer liegt und auf ein grausames Detail im bereits jahrzehntelangen Konflikt zwischen Israel und Palästina hinweist. Die Malerei wurde annähernd auf das Schwarz-Weiss der Vorlage reduziert und räumt einem unerklärlichen Lichtereignis den grössten Raum ein. Darunter liegt die Kinderleiche. Der schwarze horizontale Balken begrenzt den fast schon das Gemälde auflösenden Lichthof. Die Dominanz des Lichts ist nicht logisch zu erklären, sondern übernimmt eine Doppelfunktion; einerseits als Zone malerischer Eigendynamik, und andererseits als sinnbildlicher Einbruch des Irrationalen, das grosse Tragödien begleitet.

Diese am Rande des eigentlichen Geschehens beobachteten Details geraten bei Kotscha Reist ins Zentrum des Interesses und damit des Bildes. Er nimmt sie gleichsam unter die Lupe und interpretiert sie neu, getreu seiner Überzeugung, dass sich «[die] Hauptsache [...] vielleicht sogar leichter aus einem unbeachteten Bereich eines Ortes oder einer Handlung herauslesen [lässt]. Wenn etwas schon im Rampenlicht steht, ist es meistens laut und verfälscht. Ich will in die stillen Zonen eindringen.»[9] Mithilfe der malerischen Verfremdung und der neu gesichteten Nebenschauplätze arbeitet er die Absurdität und den Wahnsinn des Geschehens heraus, und legt den Finger auf etwas, was von der breiten Öffentlichkeit so bisher nicht zur Kenntnis genommen worden war. Es sind diese kleinen Schocks der Erkenntnis, die dem Malen von «Bildern von Bildern»[10] ein neues kritisches Potential und zugleich die Möglichkeit einer subjektiven Stellungnahme abgewinnen. Dies öffnet einen Spielraum für eine zeitgenössische Historienmalerei,[11] die sich nach dem «Ende der Geschichte» im Sinne einer linearen zusammenhängenden, auf zivilisatorische und ideologische Verbesserung ausgerichteten Entwicklungsgeschichte neu formulieren muss. Die Idee des historischen Fortschritts wurde im Nachhall

and the moral and ethical questions it raises move unpleasantly close.

The painting *Dead Bodybag* creates a similarly pensive mood. It is based on a newspaper photograph illustrating an article about collateral damages in the Gaza strip. The photograph shows the dead body of a child, shot unintentionally, wrapped in a bodybag that is lying in a sterile hospital room, thus referring to a cruel detail in the decade-long conflict between Israel and Palestine. The painting, almost reduced to the black and white of its original, gives a lot of space to an inexplicable light phenomenon that seems to dissolve the painting, only to be stopped by the black horizontal bar of the child's body. The dominance of the light has no logical explanation but serves a dual function: it is a zone of painterly self-dynamic and a metaphorical intrusion of the irrational accompanying great tragedies.

The details taking place at the margins become the centre of Reist's interest and thus of his paintings. He analyses and reinterprets them true to his conviction that "it may be easier to get to the important issues from the vantage point of the ignored areas of a place or an action. When things have become the centre of attention they are usually loud and manipulated. I want to get to the quiet zones."[9] Using his brush to alter things and make marginal places appear in a different light, he manages to distil the absurdity and madness of events the broad public is bound to overlook. It is these little shocks of insight that give the method of 'painting after images'[10] a new critical potential and the possibility of subjective comment. This allows the reformulation of contemporary history painting[11] after the end of history as a linear development towards civilisatory and ideological improvement. In the wake of post-modern theories, and influenced by feminist and postcolonial theories, the idea of historical progress was discarded and replaced by the insight that history writing produces several stories complementing one another instead of creating just one all-encompassing story. Stylistic inconsistencies and empty spaces within 'memory paintings' prevent generally valid interpretations of the motifs and thus bespeak an adherence to these insights. What is more, the paintings also question the truth

postmoderner Theorien aufgegeben, und unter dem Einfluss feministischer sowie postkolonialer Theorien wuchs die Einsicht, dass die Geschichtsschreibung in mehrere, einander ergänzende Geschichten anstelle eine für alle gleich gültige Geschichte mündet. Die Stilbrüche und offenen Stellen innerhalb der «Erinnerungsmalereien» verhindern den Rückfall hinter diese Erkenntnisse, indem eine abschliessbare, allgemein gültige Deutung des Dargestellten unmöglich bleibt. Parallel dazu wird der Wahrheitsgehalt der Fotografie, die als Vorlage für die Gemälde dient, mit den Mitteln der Malerei infrage gestellt. Denn obschon Fotografie lange Zeit als Beleg für Wahrheit in der Geschichtsschreibung galt, ist ihre Wahrhaftigkeit heute ebenfalls eine Frage der Deutung.

Persönliche Geschichten

Im Windschatten dieser Einsichten kam es in den neunziger Jahren zum Aufschwung des Autobiografischen in der Bildenden Kunst. Neben die Neusichtung von Geschichte als Beschäftigung mit kollektiver Vergangenheit trat die Beschäftigung mit der eigenen Geschichte als Garant von persönlicher Identität und – weil eigene Erfahrungen besonders

of the photographs they are based on. Although photography used to be the ultimate proof for truth in history writing, this has also become a question of interpretation.

Personal Stories

These insights brought about a boom of the autobiographical in the visual arts of the 1990s. Artists not only started to reconsider history as a way of dealing with the collective past but they also began to engage with their own history as a prerequisite for personal identity and, given the fact that one's own experiences are particularly credible, of authenticity. At the same time, there was a growing awareness that biographical narratives were not only similar, and interchangeable to a certain extent, but also subject to the conventions of self-representation so that they can contain strong fictive elements.[12]

In Kotscha Reist's works the personal is expressed as indirectly as the historical. His invented portrait *Die Mutter* addresses the fictitious or generic nature of biographical

Das Verpsrechen in Ligurien, 2005, 130 × 190 cm, Oel auf Leinwand

glaubwürdig sind – von Authentizität. Zugleich wuchs das Bewusstsein, dass biografische Erzählungen nicht nur einander gleichen und bis zu einem gewissen Grad austauschbar sind, sondern auch den Konventionen der Selbstdarstellung unterliegen und somit starke fiktive Elemente beinhalten können.¹²

In Kotscha Reists Schaffen äussert sich das Persönliche ebenso indirekt wie das Historische. Mit dem Fiktiven oder auch Generischen biografischer Erzählungen beschäftigt sich der Künstler in seinem erfundenen Porträt *Die Mutter*. Das Gemälde suggeriert den Ausschnitt einer Fotografie aus den sechziger Jahren. Eine blonde Frau trägt ein mit einer grossen Schleife geschmücktes Cocktailkleid und greift sich kokett in ihre Locken, während sie am Fotografen vorbei jemanden anlächelt. Der angedeutete Hintergrund verweist ebenso wie die verblichenen, blaustichigen Farben und die Unschärfe auf einen privaten Schnappschuss. Trotz ihrer Stimmigkeit gibt es diese Vorlage nicht, sondern das Bild ist eine Erfindung des Malers, der sich Gedanken über das familiäre Umfeld eines Bekannten machte, der mit massiven Suchtproblemen kämpfte und in seiner Kindheit von der Mutter verlassen worden war. *Die Mutter* ist eine fiktive Schöpfung Reists in seinem Bestreben, den Bekannten und seine Schwierigkeiten besser zu begreifen. An die Stelle der Wahrheit tritt die Wahrscheinlichkeit, denn alle Facetten entsprechen einem plausiblen Porträt einer lebenslustigen Frau, die sich möglicherweise lieber den aufregenden Seiten des Lebens zuwendet und sich so aus der elterlichen Verantwortung stiehlt.

Die Beschäftigung mit dem Biografischen manifestiert sich aber auch in anekdotischen Gedenkbildern wie *Das Versprechen in Ligurien*, bei dem das Motiv im Werktitel zwar benannt, aber im Gemälde selbst nur verschlüsselt dargestellt wird. Dieses zeigt zwei querformatige, gerahmte Landschaftsausschnitte in einem ansonsten leeren Bildraum. Das eigentliche Thema verbirgt sich hinter der vorgeblichen Etüde über Gegenständlichkeit und Abstraktion. Denn das Gemälde handelt in Wirklichkeit von der Erinnerung an den Ort in Ligurien, an dem der Künstler und seine zweite Frau sich ihr Eheversprechen gaben. In diesem Moment in einem Restaurant sah Kotscha Reist durch das Sonnendach auf die umgebende Landschaft und konnte die Spur eines Baumwipfels erkennen. Und somit ist die fragmentarische Wahrnehmung der Landschaft so unverbrüchlich mit der Erinnerung an den wichtigen emotionalen Augenblick verbunden, dass er stellvertretend

narratives. The painting suggests the detail of a photograph from the 1960s. A blonde woman wearing a cocktail dress adorned with a big ribbon is playing flirtatiously with her curls and smiling at someone standing just beyond the camera. The background, only hinted at, the fading bluish colours and the blurred nature of the motif remind one of a private snapshot. Despite its mood of authenticity, however, the painting is not based on an original. The artist invented the picture as he was thinking about the family background of a friend struggling with severe addiction problems, and whose mother had left him when he was a young boy. *Die Mutter* is a fiction meant to help the artist better understand his friend and his problems. Instead of truth we have probability, for everything corresponds to the plausible portrait of a young woman who might well have preferred the excitements of life to the responsibilities of parenthood.

The preoccupation with the biographical can also be see seen in anecdotal commemorative paintings, such as *Das Versprechen in Ligurien*, whose motif, although described in the title, is shown in an oblique and coded way. We see two framed, rectangular details of a landscape in a pictorial space that is otherwise completely

Dead Bodybag, 2009, 50 × 60 cm, Oel auf Leinwand

dafür gemalt wird, ganz im Bestreben, die zentrale Aussage des Bildes zu evozieren und nicht zu illustrieren.¹³

Einem ähnlichen Muster folgen Kotscha Reists zahlreiche Astbilder, die seit seinem Atelieraufenthalt in New York 1999 entstanden sind. Damals inspirierte ihn das dünne Liniengefüge eines kahlen Bäumchens im Winter zur gestalterischen Auseinandersetzung mit pflanzlichen und abstrakten Linien. 2009 kulminierte das Thema in der grossformatigen Darstellung einer stattlichen blattlosen Baumkrone. *From my Window* enthüllt den Ursprung von Reists Faszination für Astlinien und zeigt den Blick aus seinem ehemaligen Kinderzimmer auf den Baum vor dem Haus. Als ungebändigtes Kind musste er einige Male wegen kleinerer Unfälle das Bett hüten und hatte Zeit für das Betrachten des stattlichen Geästs. Die frühen körperlichen Erfahrungen sind in das Bild des Baumes eingeflossen. Daher malt Kotscha Reist kaum je belaubte oder üppig blühende, sondern stets nackte und zerbrechliche Äste.

Malerei als Gedächtnis

Die Neigung zur Verschlüsselung der Themen und zur Vermeidung von eindeutigen oder schnell lesbaren Inhalten sowie die verschleiernde Malweise deuten darauf hin, dass Kotscha Reist nicht das Anekdotische der Erinnerung an sich interessiert, sondern die Arbeitsweise des Erinnerns selbst.¹⁴ Die Analogien sind unübersehbar und verweisen auf die generelle Gedächtnisfunktion der Malerei, die «als Medium, als Gedächtnis im Sinne einer visuellen Struktur, die Erinnerungen dauerhaft in Bildern speichert.»¹⁵ Nicht nur war die Malerei vor der Erfindung der Fotografie die visuelle Archivarin der Wirklichkeit, sondern Erinnerungen werden auch als Bilder im Gedächtnisvorgang realisiert.¹⁶ Ungeachtet der Unterschiede zwischen erinnerten und tatsächlichen Bildern vergegenwärtigen beide etwas Abwesendes. Sowohl in der Erinnerung an sich wie in der «Erinnerungsmalerei» Kotscha Reists wird etwas Abwesendes oder Vergangenes ins Bild gesetzt. Denn wie bereits ausgeführt wurde, basieren seine Motive häufig auf Dokumenten des Vergangenen, die er neu sichtet, oder auf Erinnerungen, die ihn wiederkehrend heimsuchen. In dieser Sichtweise können seine Technik und sein Stil ebenfalls in Analogie zum Erinnerungsvorgang verstanden werden: Er malt dünnflüssig in mehreren Schichten, die sich wie Erinnerungsfetzen überlagern; er setzt

empty. The painting pretends to be a study of representation and abstraction; in reality, it is about remembering the place in Liguria where the artist and his second wife exchanged their wedding vows. At this moment, in a restaurant, Kotscha Reist was looking through the awning at the surrounding landscape, recognising the outlines of a treetop. Therefore, the fragmentary perception of the landscape is inexplicably bound up with the memory of this emotional moment so that it can be painted in its stead, in an effort at evoking the painting's central message instead of illustrating it.¹³

Reist's numerous paintings of branches, which he has been producing since his stay in New York in 1999, follow a similar pattern. At that time, the thin mesh of a little bare-branched tree in winter inspired him to engage with the pictorial study of vegetable and abstract lines. In 2009 the subject culminated in the large-format depiction of a majestic leafless treetop: *From my Window*, the artist's view from his then children's room onto the tree standing in front of his parents' house, reveals the origin of Reist's fascination for branches. A reckless and accident-prone child, he was bedridden a number of times so that he had enough time to study the majestic tree. These early physical experiences influenced the depiction of the tree; it is the reason why the artist hardly ever paints leafy or blossoming branches but naked and frail ones.

Painting as Memory

The tendency to code his themes and to avoid unambiguous, quick-to-read messages as well as his painting style indicates that Reist is not interested in the anecdotal side of memory but in the way memory works.¹⁴ The analogies cannot be overlooked and refer to the general function of painting to commemorate, to remember and recall, to be a medium that "as a medium, as memory in the sense of a visual structure stores memories permanently in the form of images."¹⁵ Not only was painting considered the visual archive of reality before the invention of photography, but the brain also processes memories in the form of images.¹⁶ Regardless of the differences between remembered and real images, both of them represent

From my Window, 2009, 125 × 152 cm, Oel auf Leinwand

das Motiv so ins Bild, dass Auslassungen erzeugt werden, als ob man sich nicht mehr klar entsinnen könnte; und er wählt Farben, die in ihrer verblichenen Farblosigkeit an alte Fotografien erinnern und auf diese Weise eine nostalgische oder befremdliche Atmosphäre schaffen.

Erinnerungen sind ihrem Wesen nach unstabil, sie werden vergessen oder verändern sich je nach dem Zusammenhang, in dem sie erzählt werden. Es gibt ein stetes Wechselspiel zwischen Wahrnehmung und Erinnerung: Jede Wahrnehmung kann zur Erinnerung werden, und umgekehrt beeinflussen Erinnerungen neue Wahrnehmungen und bewerten sie aufgrund der bisherigen Erfahrung.[17] Kotscha Reists ambivalente Konstellationen erzeugen ein schwebendes Gefühl, wie es auch Erinnerungen eigen ist. Er präsentiert dem Betrachter Darstellungen von Wahrnehmungen, die Erinnerungen wachrufen können, oder umgekehrt Erinnerungen, welche zur ästhetischen Wahrnehmung freigegeben werden. Nicht umsonst ist im Begriff der Wahrnehmung die Frage nach der Wahrheit enthalten. Doch Wahrheit gibt es weder in der Wahrnehmung noch in

something that is absent. Both memory as such and Reist's method of memory painting put centre stage what is absent or past. For, as already mentioned, his motifs are often based on re-examined documents of the past, or on memories haunting him. From this point of view, both this technique and style could be regarded in analogy to the process of remembering: he paints thin layers that overlap like fragments of memory; he stages the motif such that there are gaps, as if he was not able to remember; he chooses faded colours that remind one of old photographs and that create an atmosphere of both nostalgia and alienation.

Memories are unstable. They get lost or change in the process of recollection and narration. Also, there is a constant interplay between perception and memory: each perception can become a memory.[17] On the other hand, memories influence new perceptions and evaluate them on the basis of previous experiences. Kotscha Reist's ambivalent constellations create the same feeling of latency that also pertains

der Erinnerung an sich, sondern sie ist eine Frage der individuellen Interpretation. Nur das, was vor dem individuellen Erfahrungshorizont wahrhaftig erscheint und im Einklang mit gesellschaftlich verbindlichen und anerkannten Konventionen steht, besitzt Wahrheit für die betreffende Person.

Auch die Bedeutung von Kotscha Reists Bildern ist nicht festgeschrieben im Sinne einer einzigen Wahrheit, sondern ändert sich von Interpretation zu Interpretation. Was zunächst als Reflexion der Erzählfähigkeit zeitgenössischer Malerei erscheint, erhält eine zusätzliche philosophische Dimension durch die Überlegungen des Geschichtsphilosophen Paul Ricoeur: Sowohl für die kollektive Geschichte wie auch für persönliche Geschichten gilt, dass in ihnen die Wahrheit stets «unentschieden, plausibel, wahrscheinlich, anfechtbar, kurz: immer im Prozess des Um-Schreibens begriffen» ist.[18] In diesem Lichte betrachtet sind Kotscha Reists Werke auch Meditationen über die Wahrhaftigkeit von Wahrnehmung und Erinnerung sowie eine Einladung, Geschichte und Geschichten in Malerei und Wirklichkeit stets von neuem zu hinterfragen.

to memory. It is not for nothing that the notion of perception is a question about truth. Buth truth cannot be found in either perpection or memory as such. Rather, it is a question of individual interpretation. Only what appears to be true in individual experience but also chimes with socially binding and acknowledged conventions is true for the individual person.

The meaning of Reist's paintings, too, is not fixed in the sense of having one single truth but changes according to interpretation. What at first sight seems to be a reflection on contemporary painting's ability to narrate receives an additional philosophical dimension when one takes into account the reflections of philosopher Paul Ricoeur: collective history as well as personal stories have in common that truth is always "undecided, plausible, probable, contestable, in short: in the process of being reformulated."[18] Seen in this light, Kotscha Reist's works become meditations on the reality of perception and memory as well as an invitation to constantly question history and narration in painting.

---

1   Das griechische «eché» bedeutet «Schall». «Echo» [gr.-lat.] das; -s, -s: 1. Widerhall. 2. Resonanz, Reaktion auf etwas (z. B. auf einen Aufruf); oft in Verbindungen: ein – (= Anklang, Zustimmung) finden, kein – haben, 3. Wiederholung eines kurzen Themas (3) in geringerer Tonstärke (Mus.). Das Fremdwörterbuch, Duden Bd. 5, 4. Auflage, Mannheim, Wien, Zürich 1982, S. 205.
2   In Ovids Legende von Echo und Narziss – im Jahr 8 n. Chr. verfasst – wurde die Nymphe Echo mit dem Verlust der Sprache bestraft, weil sie Juno von ihren Nebenbuhlerinnen abgelenkt hatte. Später verliebte sich Echo in Narziss und folgte ihm auf die Jagd, konnte ihn aber nicht direkt ansprechen, sondern nur wiederholen, was jener in den Wald rief. Narziss, der an seiner Selbstliebe zugrunde gehen würde, wies Echo ab und liess sie einsam im Wald zurück. «Dennoch haftet die Lieb', und wächst von dem Schmerze der Weigrung. / Wachsame Sorge verzehrt den schwindenden Leib zum Erbarmen; / Ganz verschrumpft ihr die Haut vor Magerkeit; und es entfliegt ihr / Jeglicher Saft in die Luft; nur Laut und Gebeine sind übrig. / Tönend bleibt der Laut; das Gebein wird in Felsen verwandelt. / Immer noch lauscht sie im Wald', und nie auf dem Berge gesehen, / Wird sie von allen gehört; ein Nach-hall lebet in jener.» Ovid, *Metamorphosen*, in der Übertragung von Johann Heinrich Voss, Frankfurt am Main 1990, S. 78. In Ovids Dichtung ist die Geschichte Echos untrennbar mit Gefühlen der Sehnsucht und dem Empfinden von Verlust verbunden.
3   Christian Bielefeldt, «Echo», in: Nicolas Pethes, Jens Ruchatz (Hrsgs.), *Gedächtnis und Erinnerung. Ein interdisziplinäres Lexikon*, Hamburg 2001, S. 131.
4   Bei «positiven» Nachbildern – wenn man in eine Lichtquelle blickt – entsprechen die Helligkeits- und Farbwerte denen des ursprünglichen Reizmusters. Beim «negativen» Nachbild kehren sie sich um.
5   Peter Osborne erkennt in der Malerei nach fotografischen

1   'Echo' (e·kö), *sb*. Pl. Echoes, rarely echos. ME. [-(O)Fr. écho or lat. echo – Gr. ἠχώ rel. to ἠχή sound] 1. A repetition of sounds, due to the reflection of the sound-waves by some obstacle; hence concr. a secondary or imitative sound, as dist. from the original sound. *The Shorter Oxford English Dictionary*, Oxford 1987.
2   In Ovid's legend of Echo and Narcissus (completed in AD 8) the chatty nymph Echo distracted the Godess Juno with her talk and thus helped her husband Jupiter commit adultery. The nymph was duly punished by Juno who deprived her of her ability to speak. Later, Echo fell in love with Narcissus and pursued him on his hunts, although she was not able to talk to him. All she could do was repeat his own words. But Narcissus, who would die of self-love, rejected her and she faded away: "The nymph, when nothing could Narcissus move, / Still dash'd with blushes for her slighted love, / Liv'd in the shady covert of the woods, / In solitary caves and dark abodes; / Where pining wander'd the rejected fair, / 'Till harrass'd out, and worn away with care, / The sounding skeleton, of blood bereft, her bones and voice had nothing left. / Her bones are petrify'd, her voice is found / In vaults, where still it doubles ev'ry sound." Ovid, *Metamorphosis. Book the Third*, translated by Sir Samuel Garth, John Dryden, Alexander Pope et al., London 1717. In Ovid's poem the story of Echo is inextricably associated with feelings of desire and loss.
3   Christian Bielefeldt, 'Echo', in: Nicolas Pethes, Jens Ruchatz (eds.), *Gedächtnis und Erinnerung. Ein interdisziplinäres Lexikon*, Hamburg 2001, p. 131.
4   In the case of 'positive' after-images – when one looks into a source of light – the light and colour values correspond to that of the stimulus. They are reversed in

Vorlagen eine Wiederaneignung der Fotografie sowie deren Dokumentations- und Wahrheitsanspruch durch die Malerei. Peter Osborne, «Painting Negation: Gerhard Richter's Negatives», in: *October*, Nr. 62 (Herbst 1992), S. 107–8.
6   Für eine sorgfältige Besprechung der Fotomalerei Gerhard Richters als Historienmalerei, siehe David Green, «From History Painting to the History of Painting and Back Again: Reflections on the Work of Gerhard Richter», in: David Green, Peter Seddon (Hrsgs.), *History painting reassessed. The Representation of History in Contemporary Art*, Manchester University Press: Manchester, New York 2000, S. 31–49.
7   In der Rezeptionsgeschichte dieser Künstler – insbesondere Luc Tuymans und Peter Doig – wird immer wieder das Freudsche Konzept des Unheimlichen herangezogen, um die künstlerische Beschäftigung mit dem Abgründigen zu analysieren, sowie um den Verfremdungseffekt zu erklären, den die besonderen Kompositionsstrategien erzeugen.
8   Ulrich Loock verwendete die Begriffe unter anderem für die Malerei von Kotscha Reist und interpretierte sie dergestalt, dass bei dieser Vorgehensweise in unterschiedlich gewichteten Zwischenstellungen zwischen malerischer Eigenständigkeit und Referentialität Möglichkeiten aufgetan werden «für eine Malerei, die sich auf keine Programmatik (mehr) verlassen kann.» Ulrich Loock, «Malerei im Schwebezustand», in: *Babette Berger, Corinne Bonsma, Pascal Danz, Silvia Gertsch, Kotscha Reist*, Ausst.-Kat. Kunsthalle Bern 1996, S. 7.
9   «‹Ich will in die stillen Zonen eindringen.› Michael Krethlow im Gespräch mit Kotscha Reist», in: *Kotscha Reist. La vie suspendue*, hrsg. von der Kommission für Kunst und Architektur des Kantons Bern, Atelier Verlag 2002, S. 13.
10 Ulrich Loock, «Sasnals Nominalismus», in: Carina Plath, Beatrix Ruf (Hg.), *Wilhelm Sasnal. Night Day Night*, Ausst.-Kat. Kunsthalle Zürich 2003, S. 97.
11 «Historienmalerei» meint hier den wie immer gearteten Versuch, Vergangenes, das von öffentlichem Interesse ist, darzustellen. Vgl. Green/Seddon 2000.
12 Zur Problematik des Autobiografischen in der Gegenwartskunst siehe *Ego Documents. Das Autobiografische in der Gegenwartskunst*, Ausst.-Kat. Kunstmuseum Bern 2008.
13 *La vie suspendue* 2002 (wie Anm. 10), S. 12.
14 Andreas Fiedler strich bereits das Uneindeutige von Kotscha Reists Malerei heraus und deren Analogie zur menschlichen Wahrnehmung, während Claudia Jolles die «nostalgischen» Aspekte – im Sinne der Aufladung mit persönlichen Geschichten, ohne dass der Erzähler selbst ins Bild treten würde – von Reists Bildfindungen sowie deren Rhetorik des Assoziativen untersuchte. Andreas Fiedler, «Das Ganze ist mehr als die Summe seiner Teile», Kunsthalle 1996 (wie Anm. 8), S. 34–40. Claudia Jolles, «ist. ist. es. Zwischen Indizienmalerei und assoziativer Annäherung», in: La vie suspendue 2002 (wie Anm. 10), S. 5.
15 Sibylle Omlin, Beat Wismer, «Vorwort», in: *Das Gedächtnis der Malerei. Ein Lesebuch zur Malerei im 20. Jahrhundert*, hrsg. von Sibylle Omlin und Beat Wismer, Aargauer Kunsthaus Aarau 2000, S. 10.
16 Paul Ricoeur, *Das Rätsel der Vergangenheit* [frz. Original, La marque du passé, 1998], Essener Kulturwissenschaftliche Vorträge, Band 2, Göttingen 1998, S. 28.
17 Siehe dazu den Philosophen Henri Bergson: «Unsere Vergangenheit dagegen ist das, was nicht mehr wirkt, aber wirken könnte, was wirken wird, wenn es sich einer gegenwärtigen Empfindung einfügt und von ihr Vitalität entleiht. In dem Augenblicke allerdings, in dem sich die Erinnerung so in Wirksamkeit aktualisiert, hört sie auf, Erinnerung zu sein und wird wieder Wahrnehmung.» In: Henri Bergson, *Materie und Gedächtnis. Eine Abhandlung über die Beziehung zwischen Körper und Geist* [frz. Original, Matière et Mémoire, 1896], Hamburg 1991, S. 240.
18 *Rätsel der Vergangenheit* (wie Anm. 16), S. 40.

'negative' after-images.
5   Peter Osborne argues that painting after photography is a way of reappropriating photography and the medium's claim to truth and documentation. Peter Osborne, 'Painting Negation: Gerhard Richter's Negatives', in: *October*, No. 62 (Autumn 1992), pp. 107–8.
6   For a thorough discussion of Gerhard Richter's method as history painting see David Green, "From History Painting to the History of Painting and Back Again: Reflections on the Work of Gerhard Richter", in: David Green, Peter Seddon (ed.), *History Painting Reassessed. The Representation of History in Contemporary Art*, Manchester University Press: Manchester, New York 2000, pp. 31–49.
7   Critics of these artists, especially of Luc Tuymans and Peter Doig, have repeatedly drawn on the Freudian concept of the uncanny to explain the artists' fascination with the mysterious and the effect of defamiliarisation created by their particular strategies of composition.
8   Ulrich Loock used these terms also for Kotscha Reist's paintings, arguing that this method opens up possibilities in varying degrees of painterly independence and referentiality "for a painting that cannot rely on a programme (anymore)." Ulrich Loock, 'Malerei im Schwebezustand', in: *Babette Berger, Corinne Bonsma, Pascal Danz, Silvia Gertsch, Kotscha Reist*, exhibition catalogue Kunsthalle Bern 1996, p. 7.
9   "'Ich will in die stillen Zonen eindringen.' Michael Krethlow im Gespräch mit Kotscha Reist", in: *Kotscha Reist. La vie suspendue*, ed. by the Department of Art and Architecture of the Canton of Bern, Atelier Verlag 2002, p. 13.
10 Ulrich Loock, 'Sasnals Nominalismus', in: Carina Plath, Beatrix Ruf (eds.), *Wilhelm Sasnal. Night Day Night*, exhibition catalogue Kunsthalle Zürich 2003, p. 97.
11 History painting here is meant as the attempt of whatever kind to depict past events that are of public interest. Cf. Green/Seddon 2000 (note 6).
12 With regard to the problem of the autobiographical in contempory art see *Ego Documents. Das Autobiografische in der Gegenwartskunst*, exhibition catalogue Kunstmuseum Bern 2008.
13 *La vie suspendue* 2002 (note 10), p. 12.
14 Andreas Fiedler stresses the ambivalent nature of Kotscha Reist's painting method and its analogy to human perception. Claudia Jolles meanwhile concentrates on the 'nostalgic' aspects of Reist's image creation (in the sense of charging his images with personal histories without personally appearing in them) as well as the paintings' rhetoric of association. Andreas Fiedler, "Das Ganze ist mehr als die Summe seiner Teile", Kunsthalle 1996 (note 8), pp. 34–40. Claudia Jolles, "ist. ist. es. Zwischen Indizienmalerei und assoziativer Annäherung", in: *La vie suspendue* 2002 (note 10), p. 5.
15 Sibylle Omlin, Beat Wismer, 'Vorwort', in: *Das Gedächtnis der Malerei. Ein Lesebuch zur Malerei im 20. Jahrhundert*, edited by Sibylle Omlin and Beat Wismer, Aargauer Kunsthaus Aarau 2000, p. 10.
16 Paul Ricoeur, *Das Rätsel der Vergangenheit* [French original: La marque du passé, 1998], Essener Kulturwissenschaftliche Vorträge, vol. 2, Göttingen 1998, p. 28.
17 Compare Henri Bergson: "Our past, on the contrary, is that which acts no longer but which might act, and will act by inserting itself into a present sensation of which it borrows the vitality. It is true that, from the moment when the recollection actualizes itself in this manner, it ceases to be a recollection and becomes once more a perception." In: Henri Bergson, *Matter and Memory*, translated by N.M. Paul and W.S. Palmer, London 1929, p. 320.
18 *Rätsel der Vergangenheit* (note 16), p. 40.

Real Estate
Der Vorleser
La réponse I, II

Special Effect
Paradox, Löffler
Tupperwear, Gegenlicht

Shadow
Evergreen II
Quartett
Kranke Amsel
Klon
Winter
Snow Light

Night on Earth
Twiggy IX
Dots
Das Dorf

In Memory
Human Fivelegs

Schwan

Der geometrische Gedanke

142

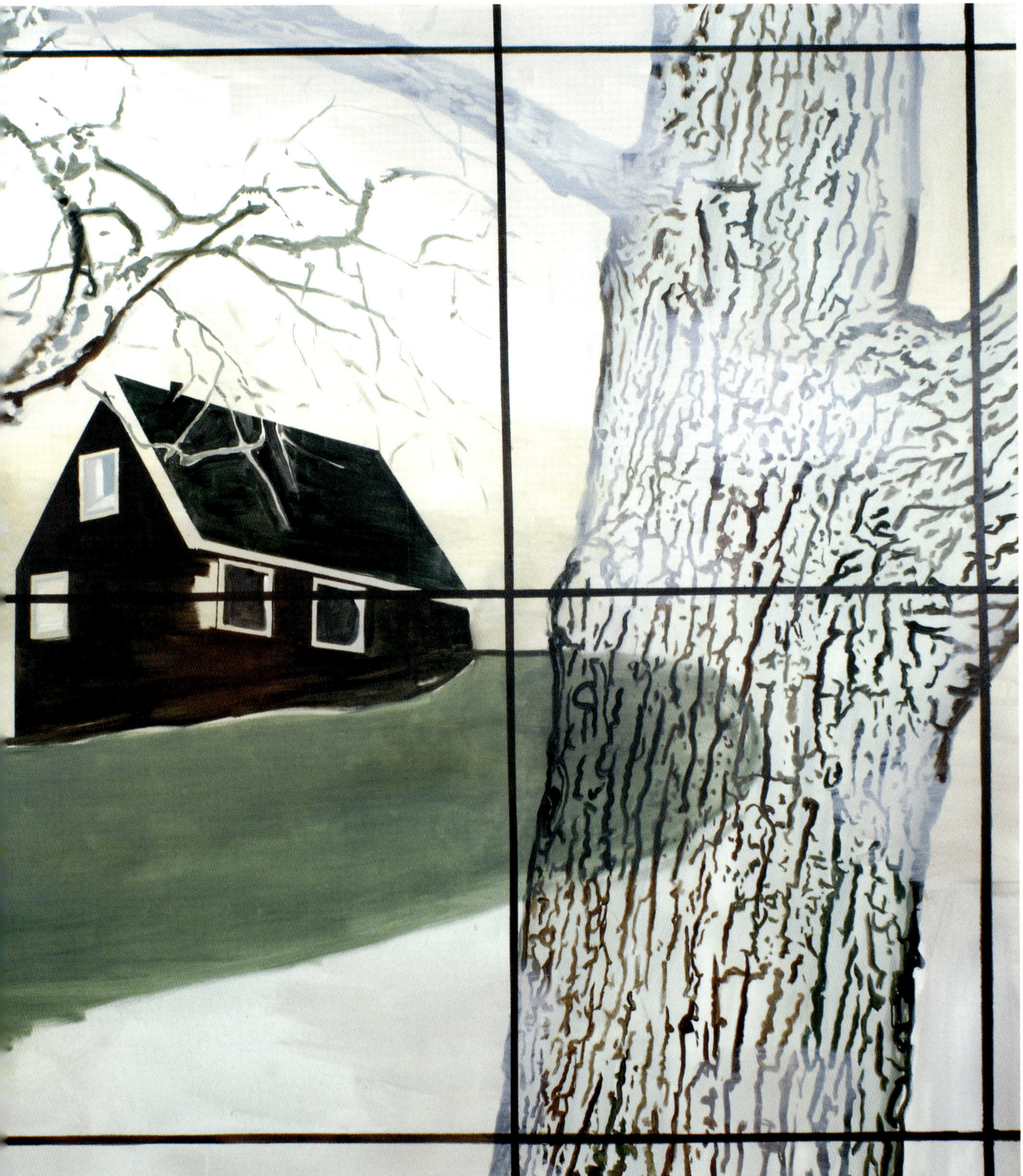

144

145

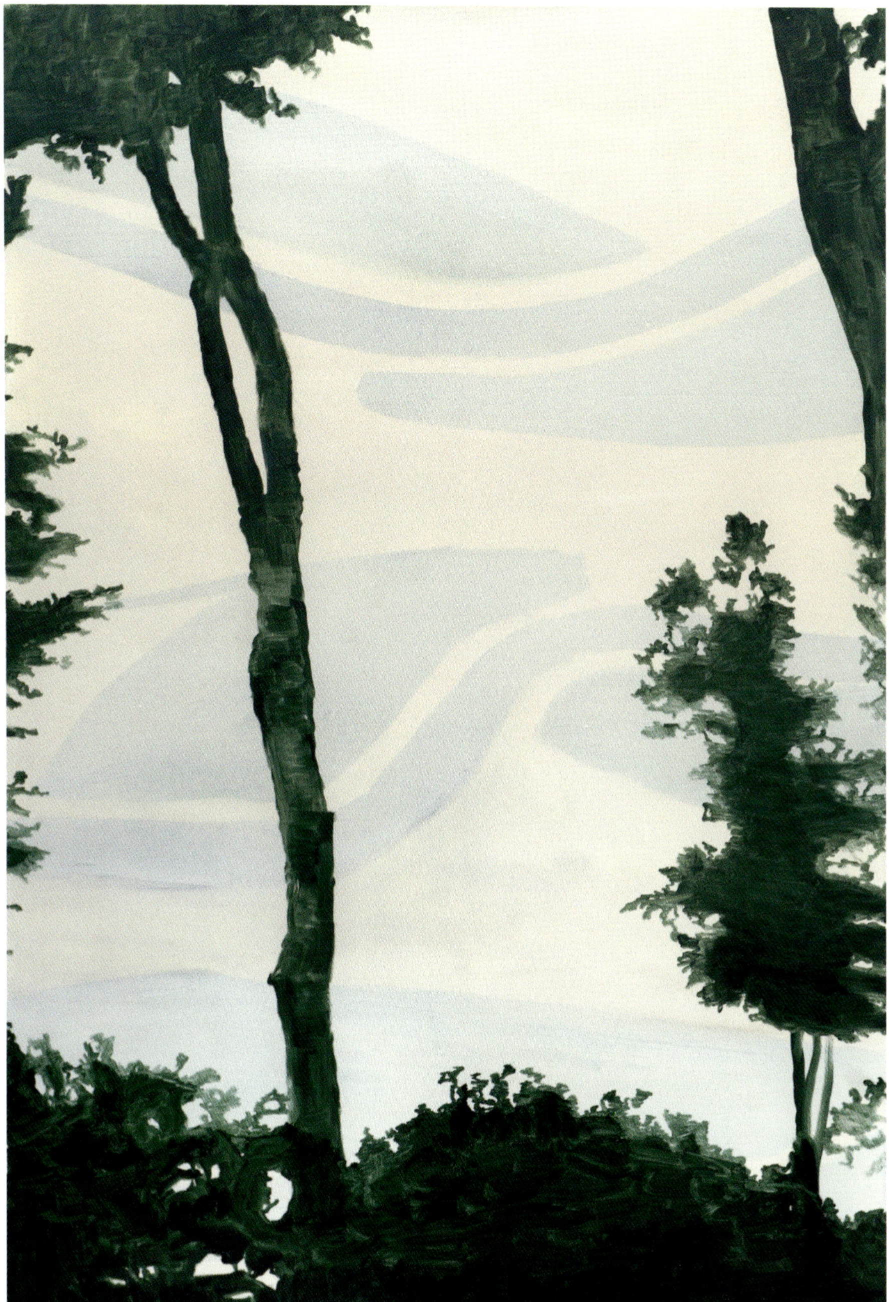

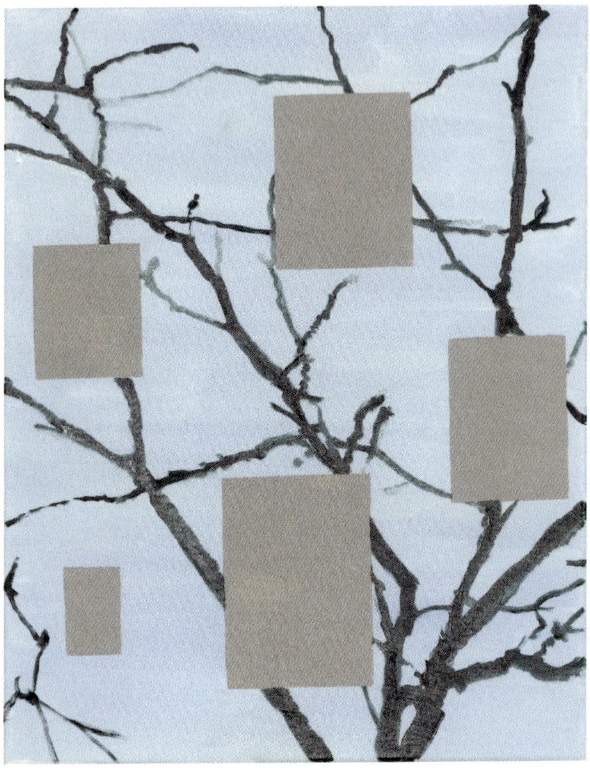

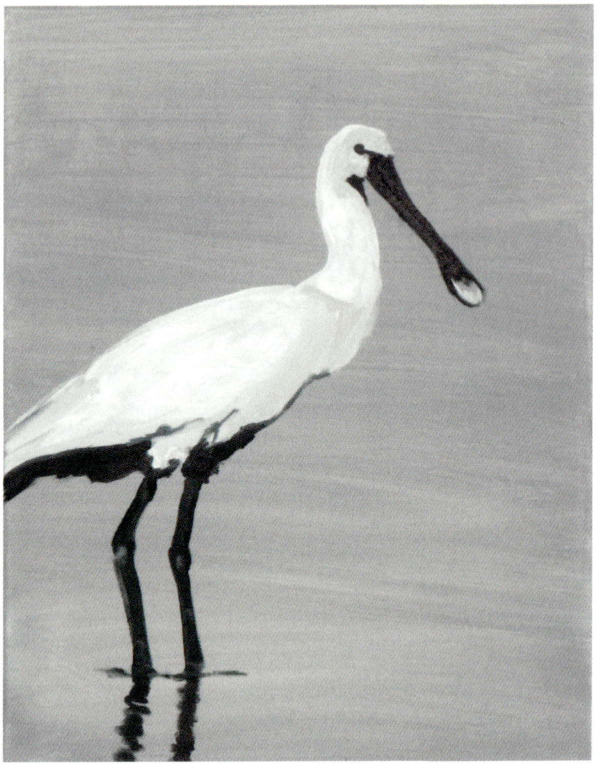

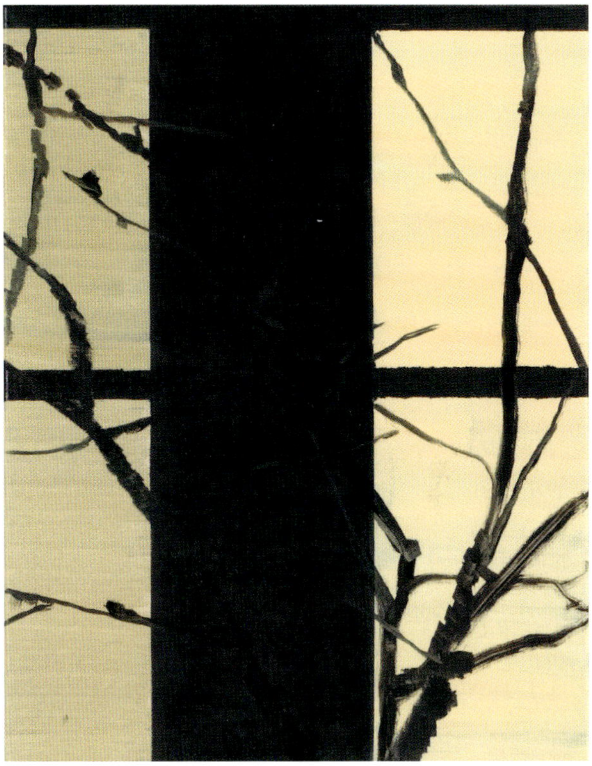

150

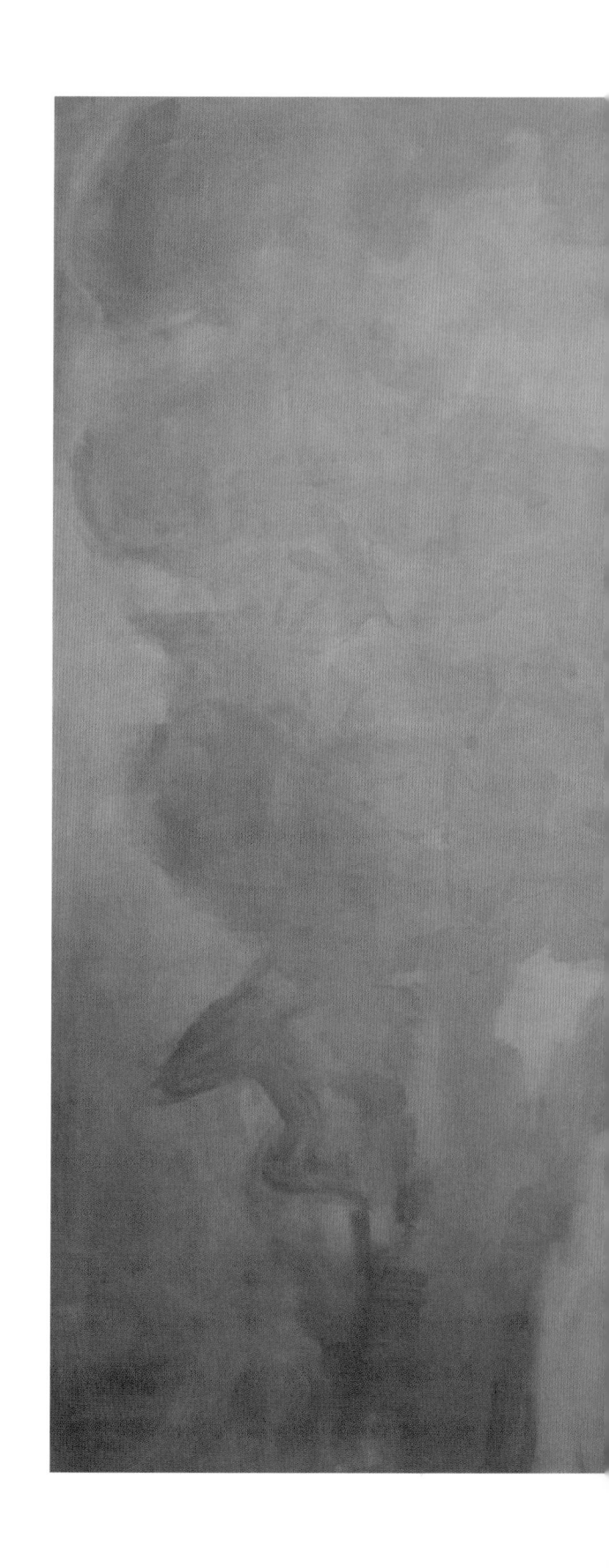

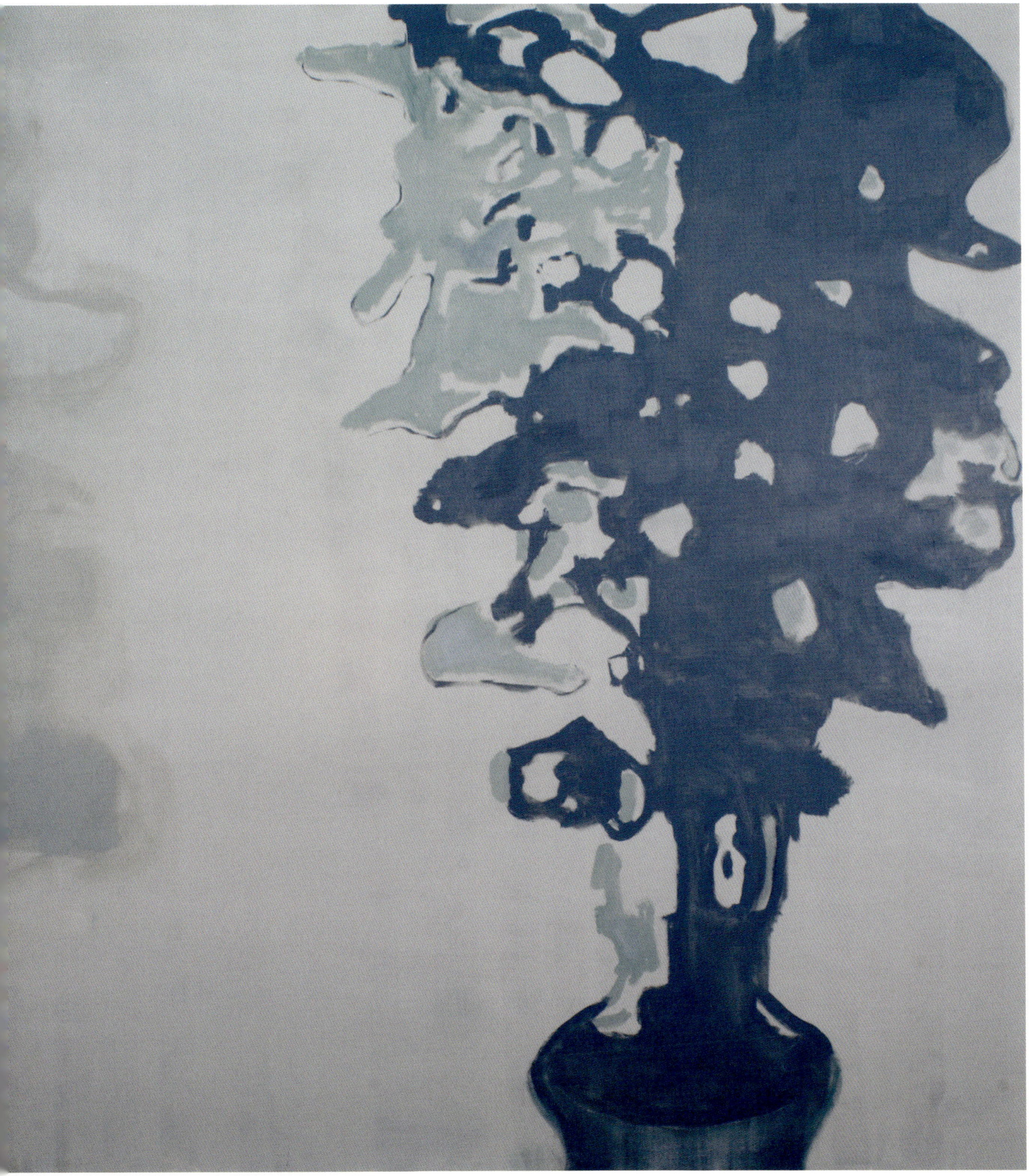

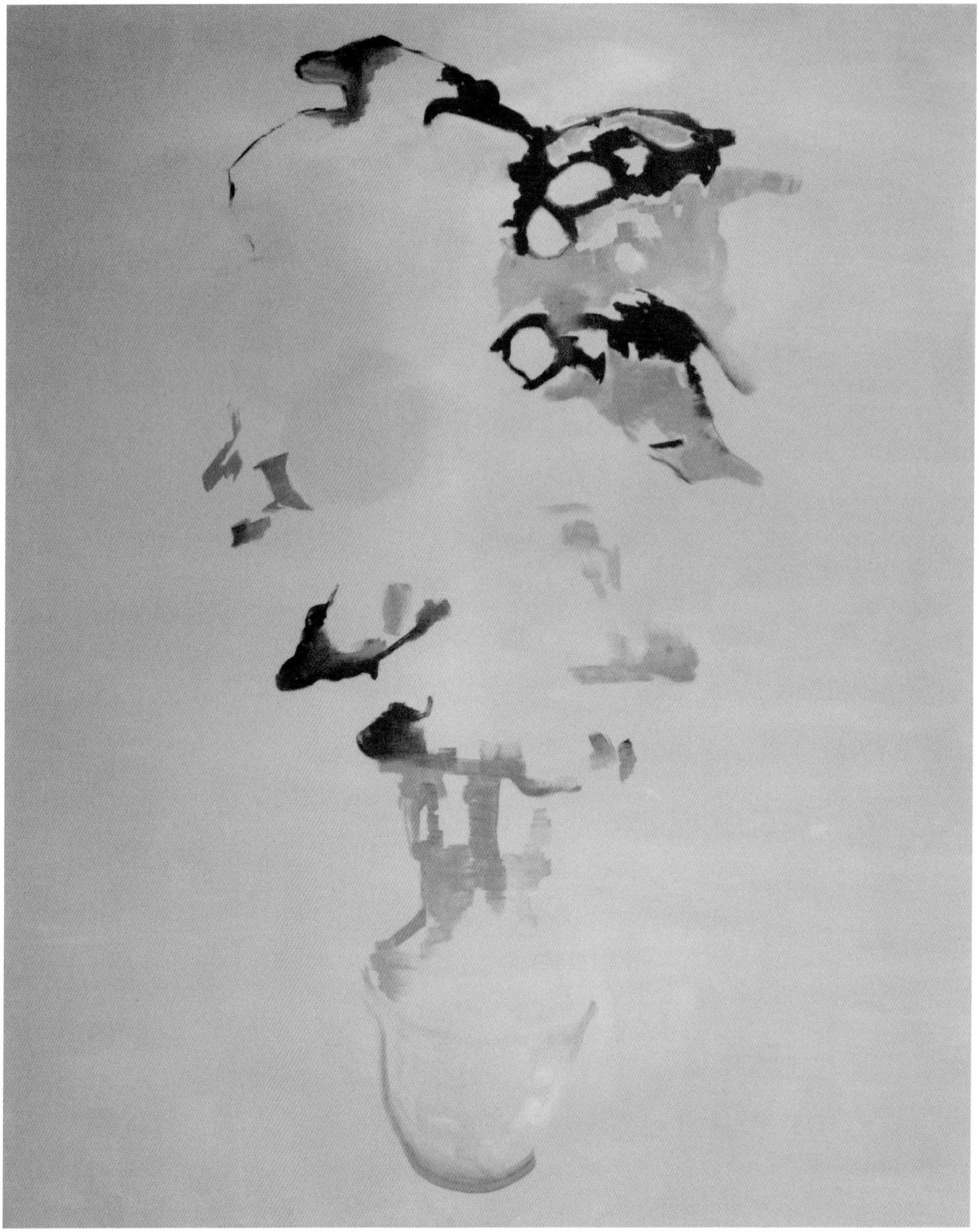

154

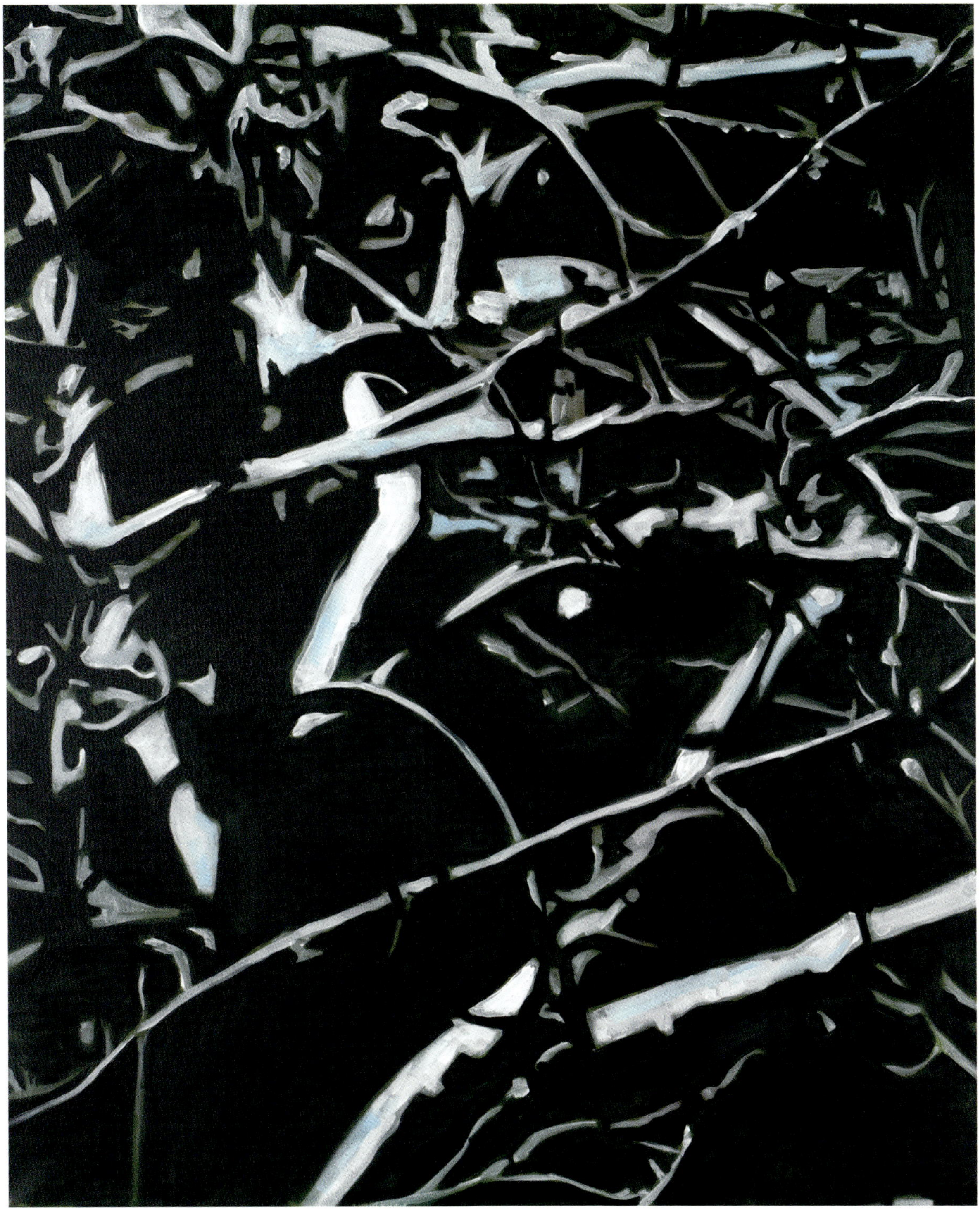

158

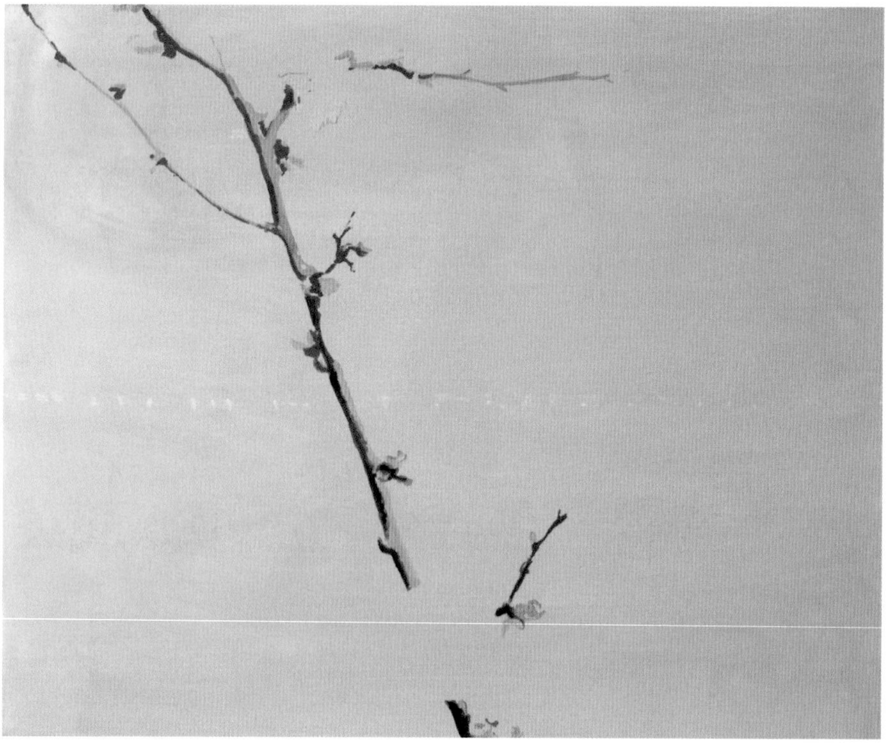

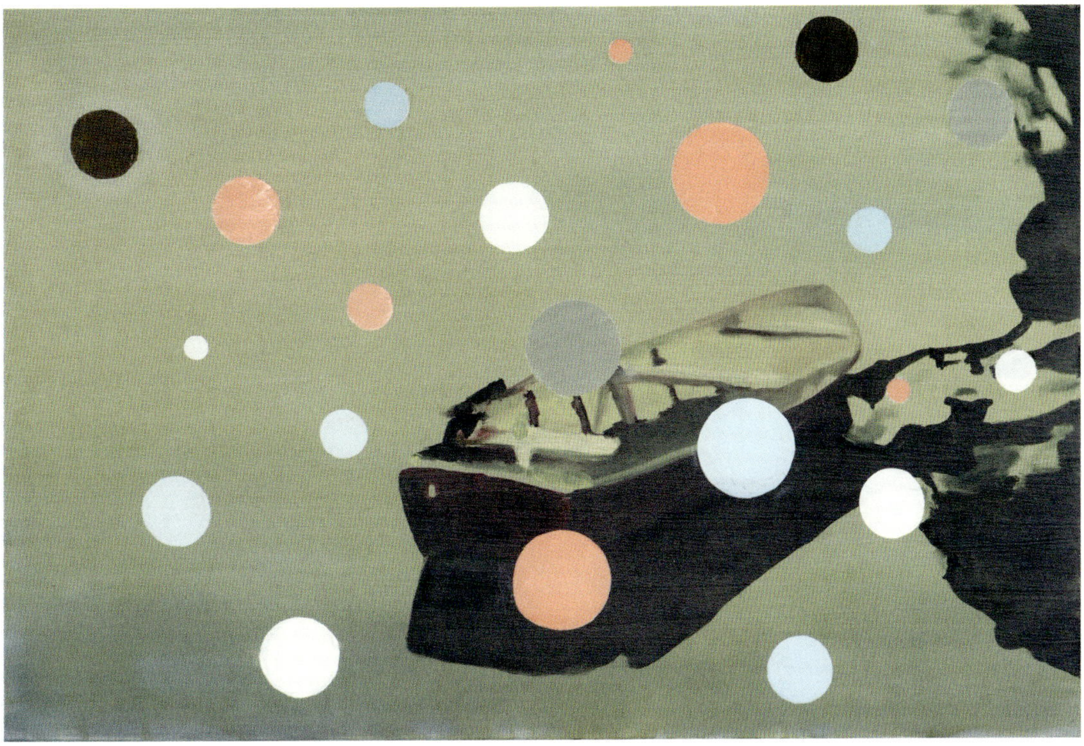

163

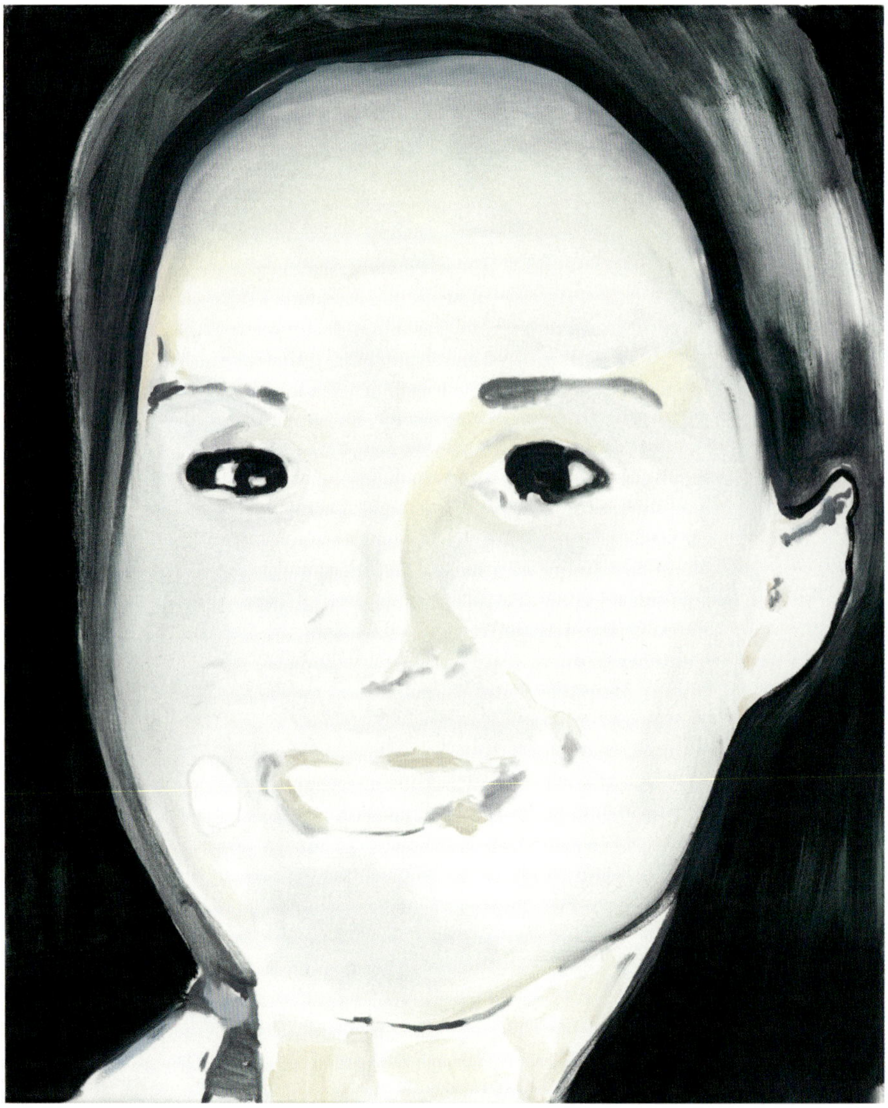

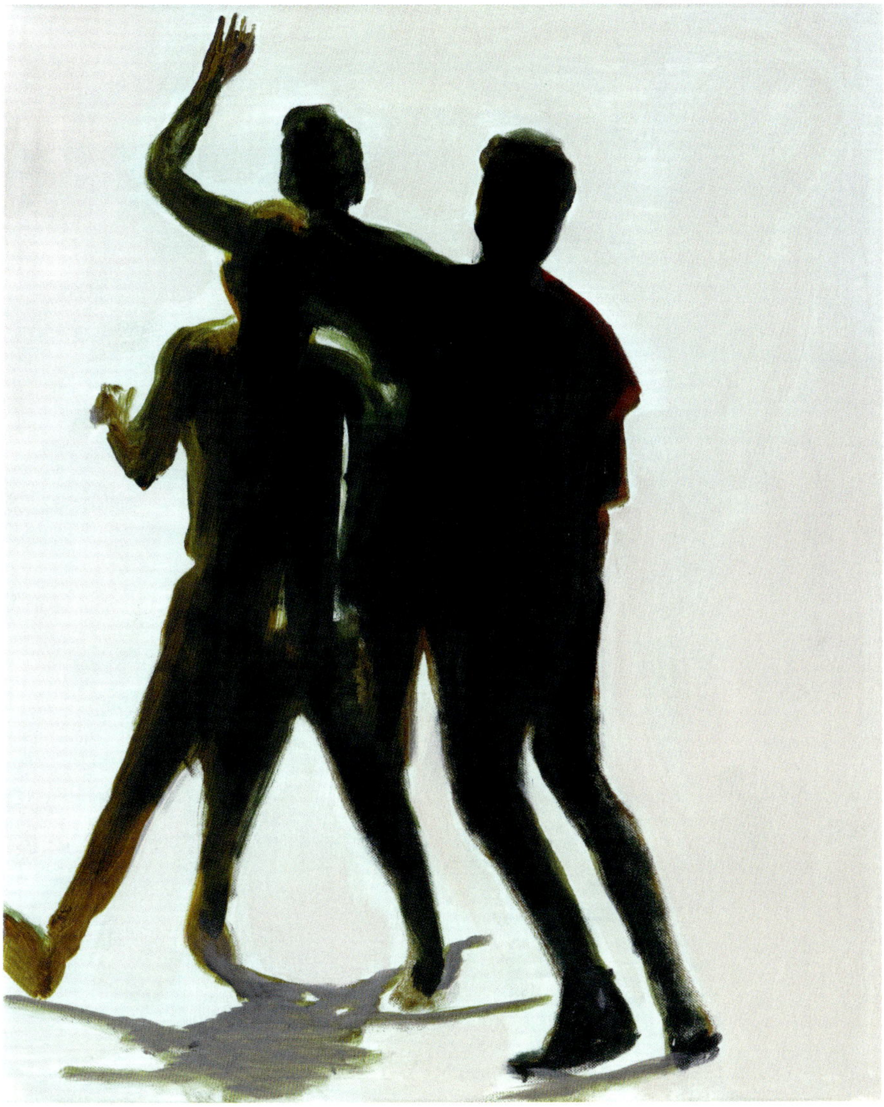

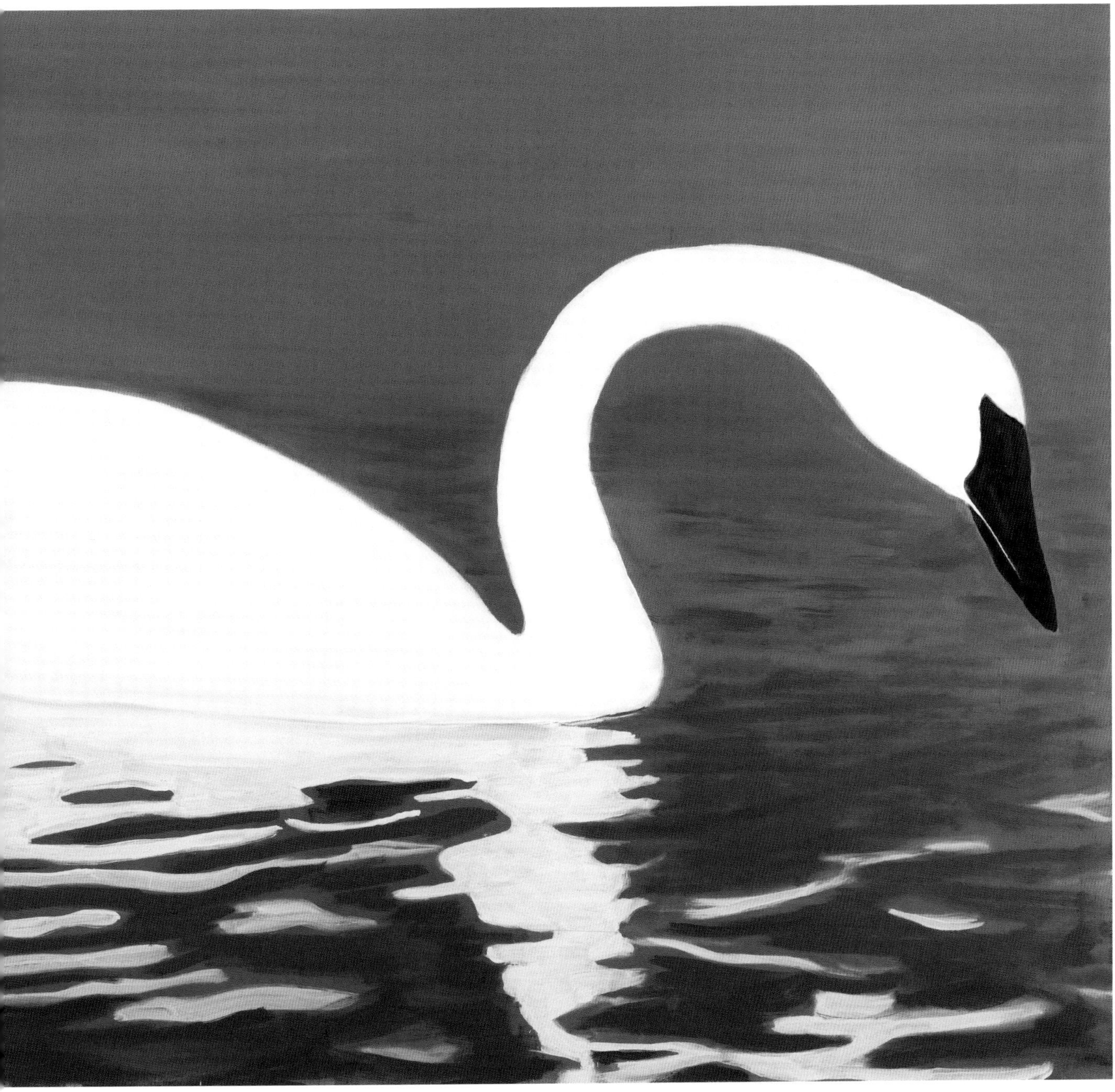

169

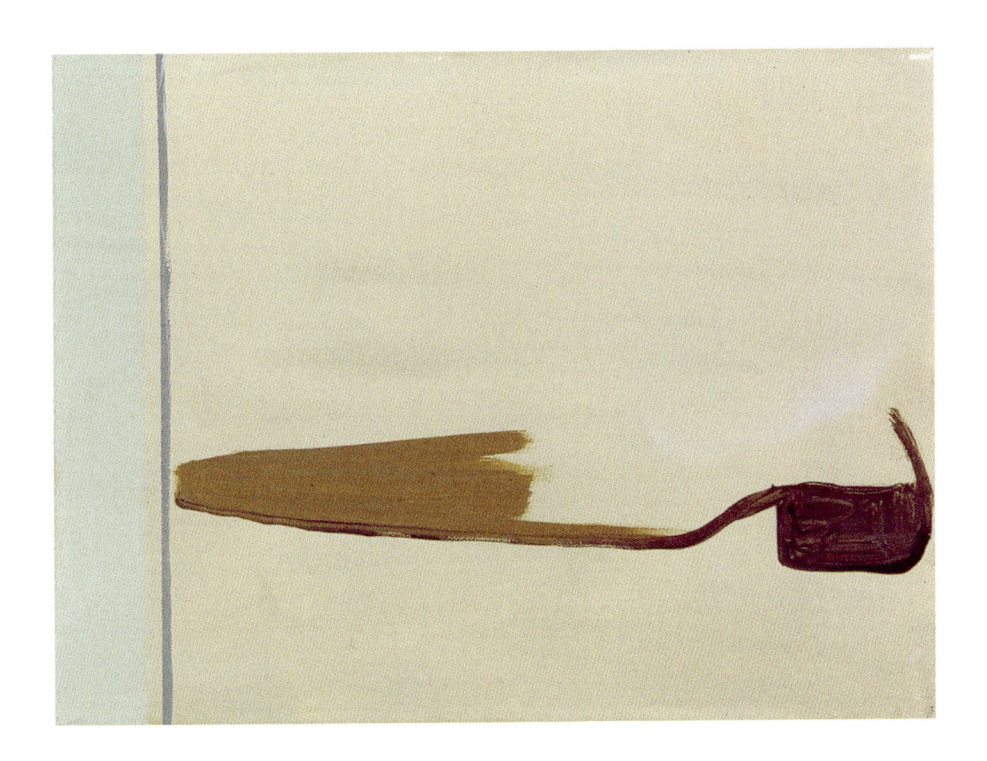

Farbabbildungen
Colour illustrations

Papierarbeiten
Paper Works

S. 3
I Have a Concept, 2002
29.9 × 35.7 cm
Collage auf Papier
Courtesy Galerie Bischoff Bern

S. 4/a
Red Duo Monument, 2006
65 × 55 cm
Oel auf Papier
Courtesy Galerie Bischoff Bern

S. 4/b
Hero Painter, 2010
61 × 46 cm
Aquarell auf Papier
Courtesy Galerie Bischoff Bern

S. 5
Monkey Tree, 2011
65.5 × 50 cm
Oel auf Papier
Courtesy Galerie Bischoff Bern

S. 6
Monkey Tree II, 2011
65.5 × 50 cm
Oel auf Papier
Courtesy Galerie Bischoff Bern

S. 7/a
Big Man, 2010
61 × 46 cm
Aquarell auf Papier
Courtesy Galerie Bischoff Bern

S. 7/b
Echo, 2010
61 × 46 cm
Aquarell auf Papier
Courtesy Galerie Bischoff Bern

S. 8
La facade, 2006
62 × 45 cm
Mischtechnik auf Papier
Courtesy Galerie Bischoff Bern

S. 9
Serie: Between the Line 1-6, 2011
je 29,7 × 21 cm
Aquarell & Collage auf Papier
Privatbesitz CH

S. 10/a
Raum, 2006
37 × 32.5 cm
Aquarell auf Papier
Courtesy Galerie Bischoff Bern

S.10/b
Fritz, 2010
61 × 46 cm
Aquarell auf Papier
Courtesy Galerie Bischoff Bern

S. 11
Sniper Spot, 2005
54 × 48 cm
Aquarell auf Papier
Privatbesitz CH

S. 12
Serie: Berliner Notizen
Oben von links:
*Liebermanns Garten,
Deutscher Maler, Neon's,*
Unten von links:
*Wannsee, Wenzel's Stuhl,
Frankfurter Allee*, 2010
je 29,7 × 21 cm
Aquarell & Collage auf Papier
Privatbesitz CH / NL

S. 13
Efeuille, 2010
35.8 × 28.3 cm
Aquarell auf Papier
Courtesy Galerie Bischoff Bern

S. 14
Heads, 2006
18 × 30 cm
Bleistift auf Papier
privatbesitz CH

S. 15
Serie: Between the line, 2011
je 29,7 × 21 cm
Aquarell & Collage auf Papier
Privatbesitz CH

S. 16
Serie: Between the Line, 2011
je 29,7 × 21 cm
Aquarell & Collage auf Papier
Privatbesitz CH

S. 17
Bird, 2011
50.5 × 39.5 cm
Aquarell auf Papier
Courtesy Galerie Bischoff Bern

S. 18/a
Auf den Rücken gesehen, 2007
29,7 × 21 cm
Aquarell auf Papier
Privatbesitz CH

S. 18/b
Clowns und Heimat, 2010
29.6 × 41 cm
Aquarell auf Papier
Courtesy Galerie Bischoff Bern

S. 19
Serie Berliner Notizen
Oben:
In the Beginning, Karitas,
Unten:
Western, Ostlage, 2010
je 29,7 × 21 cm
Aquarell & Collage auf Papier
Privatbesitz CH / NL

S. 20
Büropflanze, 2007
85 × 60 cm
Oel auf Papier
Courtesy Galerie Bischoff Bern

S. 21/a
Duo, 2010
61 × 46 cm
Aquarell auf Papier
Courtesy Galerie Bischoff Bern

S. 21/b
Liebermanns Garten, 2010
61 × 46 cm
Aquarell auf Papier
Courtesy Galerie Bischoff Bern

S. 21/c
Tapie, 2010
61 × 46 cm
Aquarell auf Papier
Courtesy Galerie Bischoff Bern

S. 21/d
Black Villa, 2010
61 × 46 cm
Aquarell auf Papier
Courtesy Galerie Bischoff Bern

S. 22
Bird House, 2012
29,7 × 21 cm
Bleistift auf Papier
Courtesy Galerie Bischoff Bern

Malerei
Paintings

S. 27
Blow up, 2011
230 × 170 cm
Oel auf Leinwand
Courtesy Galerie Bischoff Bern

S. 28
Bird Seven, 2008
40 × 30 cm
Oel auf Leinwand
Courtesy Galerie Bischoff Bern

S. 29
BB, 2009
50 × 40 cm
Oel auf Leinwand
Courtesy Galerie Bischoff Bern

S. 30
Mystic Tables, 2010
80 × 110 cm
Oel auf Leinwand
Courtesy Galerie Bischoff Bern

S. 31
Evergreen I, 2008
210 × 170 cm
Oel auf Leinwand
Sammlung Credit Suisse

S. 32
Sweet Nothing, 2010
150 × 120 cm
Oel auf Leinwand
Privatsammlung CH

S. 33
Funnel Man, 2010
150 × 120 cm
Oel auf Leinwand
Courtesy Galerie Bischoff Bern

S. 34
Nothing Compares to You, 2005
50 × 40 cm
Oel auf Leinwand
Privatsammlung CH

S. 35
Dreaming of, 2008
50 × 40 cm
Oel auf Leinwand
Courtesy Galerie Bischoff Bern

S. 36–37
Allez retour, 2011
170 × 230 cm
Oel auf Leinwand
Courtesy Galerie Bischoff Bern

S. 38
Mystic Shift, 2010
150 × 120 cm
Oel auf Leinwand
Courtesy Galerie Bischoff Bern

S. 39
Nachtästchen, 2005
40 × 30 cm
Oel auf Leinwand
Privatsammlung CH

S. 40
Les cinque miracles, 2004
30 × 40 cm
Oel auf Leinwand
Courtesy Galerie Bischoff Bern

S. 41
After Nature, 2004
24 × 30 cm
Oel auf Leinwand
Courtesy Galerie Bischoff Bern

S. 42
Paravan, 2011
160 × 130 cm
Oel auf Leinwand
Courtesy Galerie Bischoff Bern

S. 43
Memory IV, 2009
60 × 70 cm
Oel auf Leinwand
Privatsammlung CH

S. 44
Dead Bodybag, 2009
50 × 60 cm
Oel auf Leinwand
Courtesy Galerie Bischoff Bern

S. 43
Playing, 2004
60 × 50 cm
Oel auf Leinwand
Privatsammlung CH

S. 46
Le miracle, 2004
60 × 50 cm
Oel auf Leinwand
Courtesy Galerie Bischoff Bern

S. 58–59
Before Spring, 2007
145 × 180 cm
Oel auf Leinwand
Privatsammlung CH

S. 60
Modellhaus, 2005
40 × 50 cm
Oel auf Leinwand
Courtesy Galerie Bischoff Bern

S. 61
Souvenir II, 2009
60 × 50 cm
Oel auf Leinwand
Courtesy Galerie Bischoff Bern

S. 62
Drunk, 2009
50 × 40 cm
Oel auf Leinwand
Privatsammlung CH

S. 63
Interuption, 2009
50 × 40 cm
Oel auf Leinwand
Courtesy Galerie Bischoff Bern

S. 65
Liebermanns Garten, 2011
190 × 145 cm
Oel auf Leinwand
Sammlung UBS

S. 66
Sniper Spot, 2005
60 × 50 cm
Oel auf Leinwand
Privatsammlung CH

S. 67
Bethina, 2005
161 × 100 cm
Oel auf Leinwand
Privatsammlung F

S. 68–69
Der geometrische Blick, 2006
120 × 172 cm
Oel auf Leinwand
Sammlung Credit Suisse

S. 70
Smell, 2011
225 × 170 cm
Oel auf Leinwand
Courtesy Galerie Bischoff Bern

S. 71
UNO Modell, 2003
60 × 50 cm
Oel auf Leinwand
Privatsammlung CH

S. 72–73
Europa Haus, 2011
172 × 231 cm
Oel auf Leinwand
Sammlung UBS

S. 74
Die Leipziger Stunde, 2007
160 × 108 cm
Oel auf Leinwand
Privatsammlung CH

S. 75
Hotel, 2005
30 × 24 cm
Oel auf Leinwand
Courtesy Galerie Bischoff Bern

S. 76
Living Paravent, 2011
50 × 40 cm
Oel auf Leinwand
Samllung Credit Suisse

S. 77
Idiot, 2008
24 × 30 cm
Oel auf Leinwand
Privatsammlung CH

S. 78
Dinner, 2006
60 × 50 cm
Oel auf Leinwand
Courtesy Galerie Bischoff Bern

S. 79
From my Window, 2009
125 × 152 cm
Oel auf Leinwand
Privatsammlung CH

S. 80
Socks, 2009
60 × 50 cm
Oel auf Leinwand
Privatsammlung CH

S. 81
Helikopter, 2008
24 × 30 cm
Oel auf Leinwand
Privatsammlung CH

S. 83
Amigo, 2009
150 × 125 cm
Oel auf Leinwand
Courtesy Galerie Bischoff Bern

S. 84
Flag, 2008
60 × 50 cm
Oel auf Leinwand
Courtesy Galerie Bischoff Bern

S. 85
Exchange, 2008
50 × 60 cm
Oel auf Leinwand
Privatsammlung CH

S. 86
Dutch Window, 2006
195 × 150 cm
Oel auf Leinwand
Sammlung Musée d. b. art Valais

S. 87
Restlessness, 2005
32 × 41 cm
Oel auf Leinwand
Privatsammlung CH

S. 88
Love Filmends, 2010
60 × 50 cm
Oel auf Leinwand
Courtesy Galerie Bischoff Bern

S. 101
Black Villa, 2010
85 × 122 cm
Oel auf Leinwand
Sammlung Kanton Bern CH

S. 102
Bird Houses, 2006
100 × 72 cm
Oel auf Leinwand
Privatsammlung CH

S. 103
Logies, 2009
40 × 30 cm
Oel auf Leinwand
Privatsammlung CH

S. 104
Monkey, 2008
100 × 80 cm
Oel auf Leinwand
Privatsammlung CH

S. 105
Night Birds, 2008
150 × 120 cm
Oel auf Leinwand
Courtesy Galerie Bischoff Bern

S. 106–107
Modell Kirche, 2011
127 × 160 cm
Oel auf Leinwand
Sammlung Kunstm. Thun CH

S. 108
Black Bird Seven, 2011
100 × 80 cm
Oel auf Leinwand
Courtesy Galerie Bischoff Bern

S. 109
Mise en bouteille, 2011
105 × 85 cm
Oel auf Leinwand
Courtesy Galerie Bischoff Bern

S. 110
Catrat, 2009
60 × 50 cm
Oel auf Leinwand
Privatsammlung CH

S. 111
Close up, 2009
40 × 30 cm
Oel auf Leinwand
Privatsammlung CH

S. 112–113
Tent, 2004
110 × 200 cm
Oel auf Leinwand
Privatsammlung CH

S. 114
Floating House, 2005
145 × 125 cm
Oel auf Leinwand
Privatsammlung CH

S. 115
Birdhouse, 2005
50 × 60 cm
Oel auf Leinwand
Privatsammlung NL

S. 116
Steps on Stage, 2011
50 × 40 cm
Oel auf Leinwand
Courtesy Galerie Bischoff Bern

S. 117
The Man on His Best, 2006
190 × 100 cm
Oel auf Leinwand
Courtesy Galerie Bischoff Bern

S. 118–119
Das Versprechen in Ligurien, 2005
130 × 190 cm
Oel auf Leinwand
Privatsammlung NL

S. 120
Monkey II, 2005
40 × 30 cm
Oel auf Leinwand
Privatsammlung CH

S. 121
Halloween, 2008
72 × 54 cm
Oel auf Leinwand
Privatsammlung CH

S. 122
Vitrine II, 2004
60 × 50 cm
Oel auf Leinwand
Privatsammlung F

S. 123
Behausung 203, 2004
24 × 30 cm
Oel auf Leinwand
Privatsammlung CH

S. 124
Swiss Hero, 2007
50 × 40 cm
Oel auf Leinwand
Courtesy Galerie Bischoff Bern

S. 125
Anonymus, 2009
40 × 30 cm
Oel auf Leinwand
Courtesy Galerie Bischoff Bern

S. 126–127
Spazierfahrt, 2005
145 × 180 cm
Oel auf Leinwand
Privatsammlung CH

S. 128
Twiggy, 2007
70 × 50 cm
Oel auf Leinwand
Privatsammlung CH

S. 129
Le balcon, 2007
150 × 125 cm
Oel auf Leinwand
Privatsammlung CH

S. 130
Freundinnen, 2004
122 × 168 cm
Oel auf Leinwand
Sammlung Kunstm. Bern CH

S. 142–143
Real Estate, 2009
170 × 230 cm
Oel auf Leinwand
Privatsammlung CH

S. 144
Der Vorleser, 2003
50 × 40 cm
Oel auf Leinwand
Privatsammlung CH

S. 145
La réponse I, II, 2006
40 × 30 cm
Oel auf Leinwand
Privatsammlung CH

S. 147
Special Effect, 2010
170 × 100 cm
Oel auf Leinwand
Courtesy Galerie Bischoff Bern

S. 148/a
Paradox, 2011
50 × 40 cm
Oel auf Leinwand,
Privatsammlung CH

S. 148/b
Löffler, 2011
50 × 40 cm
Oel auf Leinwand
Courtesy Galerie Bischoff Bern

S. 149/a
Tupperwear, 2011
50 × 40 cm
Oel auf Leinwand
Courtesy Galerie Bischoff Bern

S. 149/b
Gegenlicht, 2011
50 × 40 cm
Oel auf Leinwand,
Privatsammlung CH

S. 150–151
Shadow, 2007
230 × 170 cm
Oel auf Leinwand
Privatsammlung CH

S. 152
Evergreen II, 2008
210 × 170 cm
Oel auf Leinwand
Privatsammlung CH

S. 153
Quartett, 2009
50 × 60 cm
Oel auf Leinwand
Privatsammlung CH

S. 154
Kranke Amsel, 2009
40 × 50 cm
Oel auf Leinwand
Sammlung Kunstverein Biel CH

S. 155
Klon, 2005
190 × 100 cm
Oel auf Leinwand
Privatsammlung D

S. 156
Winter, 2008
30 × 24 cm
Oel auf Leinwand
Sammlung Musée Ct. Valais CH

S. 157
Snow Light, 2011
125 × 90, cm
Oel auf Leinwand
Courtesy Galerie Bischoff Bern

S. 158–159
Night on Earth, 2011
110 × 190 cm
Oel auf Leinwand
Sammlung Kunstm. Bern CH

S. 160
Twiggy IX, 2011
125 × 150
Oel auf Leinwand
Privatsammlung CH

S. 161
Dots, 2009
80 × 120 cm
Oel auf Leinwand
Courtesy Galerie Bischoff Bern

S. 162–163
Das Dorf, 2006
100 × 160 cm
Oel auf Leinwand
Privatsammlung CH

S. 164
In Memory, 2011
60 × 50 cm
Oel auf Leinwand
Courtesy Galerie Bischoff Bern

S. 165
Human Fiveleg, 2011
60 × 50 cm
Oel auf Leinwand
Courtesy Galerie Bischoff Bern

S. 166–167
Swan, 2006
190 × 290 cm
Oel auf Leinwand
Courtesy Galerie Bischoff Bern

S. 168
Der geometrische Gedanke, 2003
24 × 30 cm
Oel auf Leinwand
Privatsammlung F

Biografie
Biography

Kotscha Reist, 1963 in Bern geboren Vater von drei Kindern, lebt in Bern und arbeitet in Thun.
Seit 1997 Dozent an der ECAV HES-SO in Sierre

Kotscha Reist, born in Bern in 1963 and father of three children, lives in Bern and works in Thun. Since 1997 he has been teaching at the ECAV HES-SO in Sierre.

Einzelausstellungen
Solo Exhibitions

2012	– Kunstmuseum at Progr Bern
2011	– Galerie Bischoff Bern
2010	– Galerie Staffelbach Zürich
2009	– Galerie Bischoff Bern
2008	– Galerie Nouvelles Images Den Haag NL
2007	– Galerie Bischoff Bern
	– Kunsträume Zermatt
2006	– Galerie Eric Dupont Paris
	– Galerie Bischoff Bern
	– Marks Blond Project Bern
2005	– Galerie Nouvelles Images Den Haag NL
	– Galerie Staffelbach Aarau
	– Galerie Kabinett Bern
	– GIP Contemporary Zürich
2004	– Galerie Eric Dupont Paris F
	– Galerie Kabinett Zürich
2003	– F A C Sierre
2002	– Galerie Nouvelle Images Den Haag NL
2001	– Galerie Kabinett Zürich
2000	– Galerie Weber Wiesbaden
	– Galerie Nouvelle Images Den Haag NL
1999	– Galerie Kabinett Bern
	– Hall-Palermo Genf
1998	– Stiftung Binz 39 Zürich
	– Galerie Margrit Gass Basel
1997	– Galerie A3 Moskau
	– Galerie Bernhard Schindler Bern
	– Galerie Niu d'Art Lausanne
1995	– Galerie Bernhard Schindler (Katalog)
1993	– Galerie Bernhard Schindler Bern
1990	– Galerie Bernhard Schindler Bern

Gruppenausstellungen
Group exhibitions

2012	– Galerie & Edition Stephan Witschi
	– Galerie Bischoff Bern
2011	– FRAC Haute-Normandie
	– Label Art Sierre
	– Galerie Bischoff Bern
2010	– Galerie Nouvelles Images Den Haag NL
	– Galerie Staffelbach Zürich
2009	– FRAC Haute-Normandie F (Katalog)
2006	– Galerie Bischoff Bern
	– Pro Helvetia Sierre (Katalog)
	– Galerie Nouvelles Images Den Haag NL
2005	– Galerie Staffelbach Aarau
	– Galerie im Park Burgdorf
	– Galerie Nouvelles Images Den Haag NL
2004	– Centre Pasquart Bienne (Katalog)
	– Hall Palermo Genf
	– Kabinett Zürich
	– Galerie Eric Dupont Paris F
2003	– Kunsthalle Bern
2002	– Galerie Steiner «file rouge»1993
2001	– Kunsthaus Langenthal (Katalog)
	– Kabinett Bern
2000	– Hall Palermo Genf
	– Kunsthalle Bern, Installation mit Thomas Jomini (Weihnachtsausstellung)
	– Galerie Kainett Bern
1999	– Kunsthaus Aarau, «Speise-Salon», Installation
1998	– *Etudes, (Intérieur/Extérieur)*, Installation zur Ausstellung Ville de Grand-Lancy, Genf
	– *Autoregards*, Centre d'art contemporain Laccou F, (Katalog)
	– Kunstraum Hotel Zürich
1997	– *Unerhört*, Installation Radio Studio Bern
1996	– *Skool*, Kunsthalle Bern (Katalog)
	– *Past Transparancies*, Galerie Nouvelles Images Den Haag NL
	– *Der Blick von Aussen*, Kunsthalle Bern
1995	– *Standbein Spielbein*, Galerie Bernhard Schindler
1994	– Jahresausstellung Kunsthalle Bern
	– Kunstmuseum Thun
1993	– *Works on Paper* Galerie Bernhard Schindler

Kunst im öffentlichen Raum
Art in public space

2008 – *Findling* Raiffeisen Bank Meiringen
(in Zusammenarbeit mit Sibylla Walpen)
2007 – *Weitwürfe*, Bern
(in Zusammenarbeit mit Sibylla Walpen)
2004 – *NOSTOS*, Raiffeisen Bank Aletsch
(in Zusammenarbeit mit Sibylla Walpen)
2000 – *On the Spot*, Installation Bern, Lorrainestrasse
(in Zusammenarbeit mit Thomas Jominie)
1997 – *Zwischenstimmen*, Uni Tobler Bern

Auszeichnungen
Awards

2010 – Stipendium Atelier Berlin des Kantons Bern
2001 – Stipendium des Kantons Bern (Monografie/Publikation)
2000 – Werkbeitrag des Kantons Bern
1999 – Stipendium Atelier New York Kanton Bern
1997 – Werkbeitrag der Stadt und des Kanton Bern
1994 – Aeschlimann-Corti Stipendium
– Werkbeitrag der Stadt- und Kanton Bern
1993 – Stipendium des Staates Holland
1990 – Stipendium der Stadt Amsterdam

Werke in öffentliche Sammlungen
Works in public collections

– Kunstmuseum Bern
– Amiens, Fonds Régional d'Art Contemporain de Picardie (FRAC)
– Kunstmuseum Thun
– Musée de Beaux Art Canton Valais
– Sammlung Bosshard Kunst (Zeughaus) Rapperswil
– Sammlung des Kantons Bern
– Sammlung der Stadt Bern
– Sammlung Gemeinde Steffisburg
– Sammlung des Kantons Zürich
– Sammlung der Stadt Amsterdam
– Sammlung Rijksgebouwendienst's Gravenhage NL
– Sammlung Kunstverein Biel
– Sammlung UBS
– Sammlung Credit Suisse
– Sammlung Kantaonalbank Bern
– Collectie AEGON NV, Den Haag NL
– Stiching Art Rotterdam NL
– Privatsammlungen Schweiz, Deutschland, Frankreich, Holland

Echoes
Kotscha Reist

Verlag/Publisher:
Revolver Publishing
Lektorat/Editing:
Sylvia Rüttimann
Übersetzung/Translation:
Sylvia Rüttimann
Satz und Gestaltung/
Design and Layout:
B & R Grafikdesign, Bern
Noah Bonsma, Dimitri Reist
Fotorafien/Fotographs:
Dominic Uldry,
Adrian Moser,
Julia Reist
Lithografie/Lithography:
Severin Fischer
Druck und Gesamtherstellung/
Printing and Production:
DZA – Druckerei zu Altenburg
Papier/Paper:
Arctic Volume ivory 150g/m²
Schrift/Typeface:
Adobe Caslon

Diese Publikation wurde
von folgenden Institutionen,
Gönner und Stiftungen
unterstützt/This publication
was supported by the following
institutions, favourer and
foundations:
Kommission für Kunst und
Architektur des Kantons Bern,
Kultur Stadt Bern,
Burgergemeinde Bern,
Stadt Thun,
Le Canton du Valais,
ECAV, L'Ecole cantonale
d'art du Valais
Pro Helvetia, Schweizer
Kulturstiftung,
Ursula Wirz-Stiftung,
Margrit & Klaus Hug Muri,
Patrick Jordi Muri,
Alex Wasmer Muri,
Jobst Wagner Muri,
Marlies Kornfeld Bern

Mit besonderen Dank an/
With special thanks to:
Sibylla Walpen, Aurel Reist
Dimitri Reist, Noah Bonsma,
Julia Reist, Severin Fischer,
Bernhard Bischoff, Sylvia
Rüttimann, Kathleen Bühler,
Konrad Tobler, Sibylle Omlin,
Dominique Uldry, Adrian
Moser, Kunstmuseum Bern

© 2012 Kotscha Reist,
Institution & Revolver
Alle Rechte vorbehalten.
Abdruck (auch auszugsweise)
nur nach ausdrücklicher
Genehmigung durch den
Verlag.

Revolver Publishing:
Immanuelkirchstrasse 12
D – 10405 Berlin
Tel.: +49 (0)30 616 092 36
Fax: +49 (0)30 616 092 38
info@revolver-publishing.com
www.revolver-pulishing.com

ISBN 978-3-86895-239-1